A MORTE CONVIDA EM OURO

RACHEL BROSS

Traduzido por
LUISA CAMACHO

INTRODUÇÃO

PEQUENA CIDADE DOS EUA, 2013, LICEU PODUNK

No refeitório, uma garota está sentada debruçada sobre um livro, sozinha à mesa. O seu cabelo desgrenhado e ruivo cai de ambos os lados do rosto, obscurecendo sua visão de qualquer coisa que não seja o seu livro.

Uma mão atravessa as páginas, batendo o livro em cima da mesa.

A garota fixa o olhar nos dreads loiros descoloridos que caem sobre a mesa. — Nathan, me deixe em paz. — Ela olha para ele, tentando o seu melhor para tirar o livro de suas mãos.

Nathan ri, olhando por cima dela enquanto a sua pequena cartola decorativa cai de sua cabeça. Ele se inclina, soltando o livro, e joga o chapéu dela do outro lado da mesa.

Uma massa de cachos pretos curtos bloqueia a visão da menina quando um menino de pele amadeirada com olhos castanhos e um queixo forte coberto por uma barba nada medíocre se inclina contra a mesa à sua direita. Ela bufa.

Sorrindo, o rapaz dá uma risada.

— Oops, desculpa Wonka, quero dizer, Wanda. — Ele oferece o seu melhor e mais encantador sorriso de dentes brancos.

Wanda revira os olhos, tentando alcançar o chapéu.

Uma nova mão o joga sobre a mesa em direção a Nathan.

— Oh, desculpe-me! Eu queria pegá-lo. — Uma ruiva peituda senta-se à sua esquerda, cobrindo os lábios vermelhos com a ponta dos dedos.

Wanda revira os olhos novamente, agarrando seu livro, e o aproximando dela. — Por favor, me deixem em paz. — As palavras dela saem pouco acima de um sussurro enquanto ela põe o livro no colo e estende a mão para o chão em direção ao chapéu, que está tão perto, mas ao mesmo tempo tão longe.

Um tênis de grife chuta o chapéu para o espaço entre as mesas. — Ah, Wanda, você não gosta de nós? — Uma voz leve, mas masculina, mistura-se com as outras, e ele ri. — Nós somos seus amigos. — Um longo cabelo preto cai sobre a mesa, levando a outro queixo forte e quadrado, um sorriso encantador e olhos castanhos estreitos.

Wanda aperta com força as laterais do seu livro no colo, olhando para a mesa, e não diz nada.

Antes que ela possa tentar se afastar ou se levantar, o resto da matilha aparece. Mais seis alunos sentam-se ao redor da mesa. Cinco rapazes e cinco garotas a rodeiam agora.

Uma garota fofa e animada puxa o colete da Wanda. — Para que tem tantos bótons? Parece uma geladeira! — Ela ri, contorcendo o rosto, e os seus cachos curtos e descoloridos balançam sobre suas bochechas enquanto olha ao redor da mesa.

A garota puxa um bóton vermelho com desenhos de um conjunto de lábios separados.

Wanda afasta a mão dela. — São bótons dos meus filmes favoritos. — Ela esfrega os dedos no metal brilhante.

Nathan aponta o queixo para ela. — Sim, mas por que é um par de lábios femininos? Gosta de garotas ou algo assim? — Ele ri, lambendo os lábios, e sopra um beijo para ela.

A garota animada lhe dá um tapa. — Ew, Nathan. Claro que não. — Ela volta o olhar para Wanda. — Ou gosta? — Ela segura o seu olhar, arqueando uma sobrancelha.

Wanda fala um pouco mais alto do que um sussurro. — Não. — Ela olha ao redor da mesa enquanto todos eles mexem na comida.

Nathan ri. — Por que está tão interessada, Bubbles? — Ele sorri para ela, encarando-a. — Está interessada neles? — Ele lambe os lábios, olhando para ela.

Uma asiática miúda com um bob em camadas e um sorriso de escárnio, jogou um pouco de sua salada do refeitório nele. — Cale-se, Nathan! Tenho certeza de que ela tem boceta suficiente do Blake. — Ela encara os olhos do rapaz com cabelo preto comprido. — Ele é tão bonito que poderia muito bem ser uma garota. — Ela mantém o olhar, sorrindo, e se inclina para Hugh.

Blake tira o cabelo do ombro, cruza os braços e olha para ela.

A garota asiática bufa, balançando a cabeça. — Isso prova o meu argumento.

Blake revira os olhos. — Brenda, querida, por favor, diga a ela como você está satisfeita com a nossa relação. — Ele estende uma mão em direção à Miku.

Brenda ri. — O meu asiático supera todos os asiáticos e me dá aquele tentáculo a noite toda. — Ela se inclina para ele, dando-lhe um enorme beijo por cima da mesa.

Todos soltam *ahs* e *uhs*, inclinando-se ou virando de costas.

Wanda se afasta, enrolando os dedos no moletom preto. — Por que estão todos aqui, afinal? Nós não somos amigos. — Ela se encolhe, tomando medidas meticulosas para não ver a interação que está acontecendo tão perto dela.

Os garotos dão risada, batem e empurram uns aos outros.

Um rapaz loiro, grande e corpulento empurra Blake para o rapaz de pele amadeirada à direita de Wanda, fazendo-a cair na ruiva à sua esquerda.

Wanda tira o cabelo do rosto, revelando uma mancha de coloração vermelha, rosa e roxa ao redor do olho direito e na bochecha. Sem pensar, ela coloca o cabelo atrás da orelha, deixando o rosto descoberto enquanto procura mesas livres longe deles.

Um garoto bronzeado com cachos pretos curtos sentado de frente para Wanda e ao lado de Nathan deixa cair o garfo, grunhindo, e olha para o outro lado da sala, à sua esquerda. — Ugh! Obrigado, Jeb! Agora perdi o meu apetite porque a aberração descobriu o rosto dela. — Ele aponta para Wanda.

Wanda volta a olhar para a mesa, deixando o seu cabelo cair sobre o rosto novamente.

Uma garota de pele cor de amieiro, sentada do outro lado da mesa, dá um tapa nele. — Cale-se, Tyler! Maldição. Ela não consegue evitar. — Ela olha para Wanda, oferecendo um sorriso fraco.

Wanda só olha para a mesa, fazendo o cabelo cobrir ainda mais o rosto.

Tyler empurra a bandeja para a frente, cruza os braços e olha para a garota negra. — Tudo bem, Dorine, se está tão calma com isso, então por que fez essa cara quando olhou para ela agora mesmo? Hm? — Ele sorri.

— Eu concordo com a Wonka. Por que estamos aqui quando nem sequer gostamos dela? — Passando a língua por dentro do lábio inferior, ele olha em volta da mesa.

O rapaz de pele amadeirada ri, acariciando o ombro de Wanda, fazendo com que ela se acanhe, e ele encara Tyler. — Ah, fala sério, cara, ela não é tão feia. Ele se vira para ela, levanta o queixo e sorri. — Não é, Wonka? — Rindo, ele coloca um braço ao redor da asiática, olhando para o sorriso doce e inocente dela.

A asiática solta uma risadinha leve, voltando o olhar para Wanda. — Sabe, Hugh, eu gosto bastante da desfiguração dela. — Ela sorri. — Dá a ela um ar de japonesa feroz. — O riso dela retorna. — Deviam transformá-la em uma história em quadrinhos. — Ele estende a mão, movendo-a a cada palavra. "Xogum do Inferno de Cara Vermelha." Ela ri de novo, colocando a mão no colo. — Consigo ve o rosto dela estampado em todo os lugares como o pôster de um assassino de monstros. — O sorriso dela não vacila ao encontrar o olhar de Wanda.

Hugh levanta um dedo do ombro da garota asiática. — Ah, Miku, isso soa foda. — Ele muda de lugar, ajustando o braço no ombro dela.

Miku sorri para ele.

Jeb enfia na boca uma garfada gigante de espaguete, deixando o molho manchar sua barba marrom-acinzentada, e fala com a boca cheia:

— Vocês vão ao jogo hoje à noite? É o meu último do ano. — Ele mastiga de forma barulhenta, olhando da sua comida para os outros enquanto leva outra garfada gigante à boca.

Uma garota de cabelo loiro com uma maquiagem impecável sentada ao lado dele curva um pouco o lábio enquanto pega um guardanapo. — Ugh, Jeb, limpe a barba. — Ela joga o cabelo perfeitamente arrumado sobre os ombros, passando as unhas com francesinha sobre o imaculado uniforme de líder de torcida. — É bom que vocês estejam lá para me ajudar a torcer pelo meu pequeno Jebby. — Ela passa os olhos sobre a mesa. — Ele vai precisar de toda a energia que pudermos dar se quiser ter aquela bolsa e tornar-se profissional. — Ela sorri, desliza a mão sobre a coxa dele, e então franze o rosto quando ele se vira para ela.

Pela primeira vez desde que todos eles se sentaram,

ninguém fala por vários segundos, e então Nathan balança a cabeça. — Não, cara, tenho alguns peixes para pescar, se é que me entende. — Ele ri, olha para a garota ruiva, e dá uma piscadinha.

A ruiva grunhe, revirando os olhos, e cruza os braços enquanto olha para a outra ponta da mesa. — Nos seus sonhos, Nathan. — Ela resmunga outra vez.

Nathan dá uma risada. — Ah, doce Paulina, sim! Você dá o melhor boquete nos meus sonhos. — Ele dá outra risada, cumprimentando Jeb por cima da mesa.

A mesa irrompe em gargalhadas.

Todos, isto é, exceto Wanda, que se encolhe cada vez mais até conseguir deslizar as pernas do assento e se afastar deles. Pegando o chapéu, ela sai apressada da cafeteria.

CAPÍTULO UM

THE BIG APPLE (NY), 2019, UMA PEQUENA
EMPRESA DE JORNAIS

Tyler, agora crescido, musculoso e encantadoramente bonito, senta-se atrás de uma mesa com um velho teclado Mac debaixo dos dedos e os mexe acima das teclas designadas para iniciar a digitação. — Vamos, cara, pense em algo para escrever. — Ele suspira, olhando para os dedos acima das teclas. — Merda. — Ele cobre o rosto com as mãos, virando-se na cadeira, e grunhe nas palmas das mãos.

Uma batida vem da porta aberta.

Tyler baixa as mãos o suficiente para olhar em direção à porta.

Uma jovem loira e magra enfia a cabeça para dentro da sala com um sorriso exagerado que se transforma em uma vergonha:

— Sinto muito! Sei que não queria ser incomodado, mas eles estão me atormentando. — Ela aperta os dentes, balança a cabeça e olha para o teto, falando através dos dentes. — Uuugh... — O olhar dela se volta para ele. — Tem alguma coisa que eu possa lhes entregar? — Ela se vira, pressiona-se contra o batente e se apoia com uma mão dentro da sala.

Tyler bufa, vira-se para a sua mesa e cruza os braços sobre a borda. — Não. — Ele balança a cabeça, toca nos seus curtos cachos pretos, e deixa a mão passar por cima

7

da barba quando ela volta para a mesa. — O filme foi uma porcaria, mas não posso dizer isso porque aparentemente sou "muito negativo". — Ele coloca aspas em torno das duas últimas palavras. — Eu preciso deste trabalho. Preciso dele para chegar ao que eu quero. — Ele apoia a cabeça no braço, mexendo-a algumas vezes, e fala em direção ao chão. — Como é que resolvo esta merda? — Ele mantém a cabeça baixa e geme.

A loira entra na ponta dos pés no escritório minúsculo, olha por cima do ombro, e fecha a porta, falando baixo. — Bem, teve alguma coisa de que gostou? — Ela aproxima-se da mesa dele, senta-se na quina e ajusta a blusa.

Tyler fala sem levantar a cabeça. — Não, tudo foi artificial e banal. A melhor parte foi o cão, e ele morre. — Ele olha para cima, abrindo a boca para falar, e logo para, ao ver o par de seios coberto por um colar negro tão perto do seu rosto.

A loira estufa o peito, movendo os seios de um lado para o outro enquanto fala. — Talvez eu possa dar-lhe alguma... inspiração. — Ela morde o lábio inferior, deixando-o deslizar lentamente por entre os dentes.

Tyler senta-se direito, deslizando as mãos sobre as coxas abertas, e lambe os lábios. — Sim, talvez você possa. — Ele sorri quando ela se vira para ele com um sorriso.

A loira abre o resto dos botões da blusa, puxando um par de pauzinhos que prende seu cabelo, e o deixa solto. Ela enfia os dedos dos pés debaixo do assento da cadeira dele e o puxa em direção a ela.

As rodas rangem e guincham à medida que o seu peso se move sobre o chão.

Dando risada, ela abre as pernas, puxando a bainha da saia lápis preta, e desliza o pé entre as pernas dele até a virilha.

Tyler respira fundo, olhando para ela, e depois fecha

os olhos enquanto o pé dela escorrega e se move sobre seu pau endurecido. — Vem cá. — Ao inclinar-se para a frente, ele a tira da mesa colocando-a em seu colo.

A loira solta um guincho rápido, acomodando as pernas de cada lado dele, e inclina o peito no rosto dele.

NEWPORT, RI

Em uma mansão de quatro andares que tem uma entrada circular de pedra ao redor de uma fonte de três andares e uma quadra de tênis e piscina nas partes de trás do pátio:

Uma mulher alta e assustadora marcha pelo chão de mármore acinzentado da entrada, passando o seu espanador *Swiffer* sobre os vasos chineses enormes.

Merrien passa por ali, uma túnica de seda cor-de-rosa a esvoaçar e a exibir-se atrás dela. — Ah, Brunhilda! Seja uma querida e limpe a caixa da cachorrinha Fifi. Eu não suporto o cheiro que ela emana. — Ela dá um sorriso à empregada, batendo e mexendo suavemente nos rolos grandes demais em seu cabelo tingido por um cabelereiro famoso.

Brunhilda murmura para si mesma em alemão enquanto ela continua a limpar o pó em torno de decorações altamente delicadas.

Merrien ri, parando perto da porta da cozinha. — Nehmen Sie diesen Ton nicht mit. Ich werde dich sofort feuern. — Ela ri outra vez ao ver o olhar de Brunhilda. — Agora, vá limpar a caixa da cachorrinha. — Ela acena uma mão em direção ao conjunto de escadas duplas que se curvam uma à outra à medida que sobem e descem.

Brunhilda revira os olhos, falando com um forte sotaque alemão. "Sim, Sra. Grüber, vou limpar a caixa de cocô da sua preciosa cachorrinha. — Ela oferece um sorriso demasiado sarcástico e depois vai para as escadas.

Merrien sorri, concordando, e vira-se para a cozinha. — Aposto o seu rabo que vai. — Ela liga a TV da cozinha, abrindo a geladeira.

A senhora nas notícias fala com entusiasmo para a câmera:

— E em outras notícias, a última atração a chamar a atenção do país é a de Sykes Manor, uma casa de horror assombrada que certamente assustará qualquer um que entre. Nos últimos três anos, acumulou centenas de milhares de dólares por estar aberta o ano todo para fãs de horror e medo. — Ela dá uma risada, voltando-se para o seu colega. — Não gosto de ficar com medo, mas talvez preciso para a próxima parte. — Eles riem juntos enquanto ela se volta para a câmera. — O misterioso dono está se oferecendo para mandar doze pessoas para uma festa privada na qual uma delas pode ir para casa com cem mil dólares se "sobreviver à noite". — Ela estremece. — Oooh, parece assustador, não parece, Tom? — Ela vira para o colega.

Tom concorda com a cabeça. — Claro que sim, Janet. Claro que sim. — Ele ri, olha para ela, e ajeita os papéis na mesa deles. — Pode ser que eu mesmo entre. — Ele sorri, voltando-se para a câmera. — Você tem a oportunidade de receber o seu convite dourado pelo correio, e só enviar suas informações pelo site www.sykesmanor.com, que também está ligado ao Facebook, Twitter, Instagram... — Ele faz uma pausa, força a vista e fala mais devagar. — *StumbleUpon, Delicious* e *Buzznet.* — Ele sorri, virando-se para Janet. — Uau, parece que estou por fora. — Ele balança a cabeça. — Ainda não ouvi falar desses últimos. — Ele e a Janet riem, ambos virando-se para os teleprompters, e ele olha mais uma vez para a câmera. — Quando voltarmos, pandemônio no Centro Comercial Brenton. — Ele aponta para a câmera. —

Agora o intervalo. — A TV muda para um anúncio do Arby's.

Merrien pondera muito sobre a informação entregue. — Cem mil dólares não seria ruim. Talvez assim que o velho morrer, eu consiga tirar uma grana daquele triste bastardo. — Ela sorri para si mesma, apoiando os cotovelos na grande ilha de mármore roxo, e tocando os lábios cor-de-rosa com as suas unhas francesinhas perfeitas. — Quão difícil pode ser atravessar uma casa assombrada medíocre? — Dando de ombros, ela se afasta da ilha e abre sua água de Fiji, põe um canudo na garrafa e bebe.

———

DE VOLTA AO PEQUENO ESCRITÓRIO DE NOTÍCIAS:

A loira senta-se novamente na quina da mesa e abotoa a blusa, sorrindo para si mesma, e dirige o olhar para Tyler.

Tyler inclina-se para trás no seu assento, girando-o de um lado para o outro com um largo sorriso. Ele passa a mão pelos cachos suados, deixando escapar um longo suspiro, e balança a cabeça na direção dela.

A loira ri. — Inspiração suficiente? — Ela alisa o cabelo, enrola-o novamente e encaixa os pauzinhos em forma de X.

Tyler dá uma risada. — Atrasado e subestimado com uma equipe excepcional. — Ele inclina-se para a frente, descansando os dedos entrelaçados na borda da mesa, e sorri para ela.

A loira responde, inclinando-se para a frente, e colocando a ponta dos dedos debaixo do queixo dele. — Ainda bem que pude ser útil. — Ela desliza de onde está empoleirada, derrubando uma pilha de jornais. — Ah, merda. Desculpe! — Ela inclina-se para apanhá-los e para, olhando para o que está em cima. — Eu já ouvi falar disto! — Ela olha para ele, tirando a franja do rosto. — Sim, é aquela coisa da casa assombrada que vai dar cem mil dólares para quem conseguir passar a noite. — Ela entrega o jornal a ele.

Tyler abre toda a página, lendo-a por completo. — É um concurso para apenas doze pessoas, e eu tenho de dar o endereço da minha casa. — Ele dobra o jornal. — Nem a pau. Isto é provavelmente uma maneira de um assassino em série entrar nas casas das pessoas e matá-las. Eu nunca ouvi falar deste lugar. E não me admira, é no cafundó do Mississippi. — Ele bate com jornal na mesa.

A loira dá de ombros, olhando para o jornal. — Está em todas as estações de notícias. Deve ser alguma sensação passageira. — Suspirando, ela se apoia na mesa, descansando as mãos à sua frente. — Parece-me uma maneira fácil de ganhar dinheiro. — Ela levanta uma sobrancelha, apoia o queixo no ombro e olha para ele.

Tyler passa a mão pelo rosto, deixando-a sobre a boca. — Esse dinheiro seria um bom começo. — Ele ri, abaixando a mão.

A loira inclina-se para ele, colocando novamente os dedos debaixo do queixo dele. — Se você ganhar, venha me procurar. — Com um último beijo rápido, ela sai da sala com um caminhar sexy.

Tyler apoia as costas na cadeira, colocando as mãos atrás da cabeça, e olha para a imagem de Sykes Manor na primeira página do seu recurso de pesquisa e concorrente, o New York Times. — Bem, não faria mal nenhum ver se ao menos serei escolhido. Ele se inclina para a frente, pega o jornal procurando por maneiras de entrar, e vai para o site no seu Mac.

CAPÍTULO DOIS

MIAMI, FL, TRIBUNAL DO CONDADO DE MIAMI-DADE

Miku está de pé atrás de uma pequena mesa junto com um gorducho com uma mancha de mostarda na gravata que caiu do seu cachorro-quente no almoço. Ela puxa a bainha do seu blazer preto, deixando seus dedos roçarem a saia de lápis combinando. Saindo de trás da mesa, ela se dirige ao júri com um sorriso.

O promotor público e a acusadora tímida, que veste um macacão xadrez escuro dos anos noventa e grandes tamancos, também se levantam e se voltam para o júri irritados.

O juiz levanta a mão para o júri. — Tem o seu veredito final? — Baixando a mão, ele descansa os dedos ao longo do maxilar e da bochecha e espera.

O jurado está de pé. Um homem atarracado com um corte de cabelo militar e óculos redondos de arame. Ele segura uma folha de papel nas mãos trêmulas e se recusa a olhar para qualquer um ou qualquer outra coisa, exceto a folha.

Limpando a garganta, o jurado começa a ler a página com uma voz estremecida. — Nós, o júri, na acusação de violência sexual consideramos o Sr. Attleman... inocente. — Ele faz uma pausa enquanto a sala de audiências irrompe em vaias e gritos. — Na acusação de contato sexual criminoso, consideramos o Sr. Attleman... inocente. — Ele entrega o papel ao oficial de justiça, que o entrega ao juiz.

Mais vaias, gritos, berros e protestos engolem a sala.

Os oficiais de justiça estão prontos com as mãos nas armas.

O juiz bate com o martelo sem parar, gritando por cima da multidão. —Ordem! Eu terei ordem no meu tribunal! Silêncio! — Ele continua a bater até que o silêncio se instale na sala, enquanto aqueles com bom senso se calam e os que não têm são escoltados pelas portas, e uma vez que reina o silêncio, ele se dirige ao júri. — Agradecemos ao júri pelo seu veredito e ele está dispensado. — Ele se vira para a sala, agarrando o cabo do martelo, e o levanta. — O tribunal está suspenso. — Ao bater o martelo, ele abaixa a cabeça.

Miku aperta a mão do réu, que sorri de orelha a orelha enquanto olha para a acusadora que chora.

O promotor vai até Miku. — Bem, parabéns por ser a maior filha da puta de todas... como sempre. — Ele ajusta o casaco sobre o braço, segurando a alça da mala.

Miku sorri, levantando-se, e agarra a alça da pasta na frente dela com as duas mãos.

— E como sempre, você vai direto ao insulto sem me ganhar e me jantar primeiro. — Ela estala a língua, inclinando a cabeça.

— Sabe que gosto de estar cheio e bêbado antes de uma foda brochante, pelo menos tenho a ilusão entorpecida de que foi gratificante. — Com um riso leve, ela deu de ombros, endireitando-se mais ainda.

— Por que não tenta se certificar que o seu caso está bem montado e crível em vez disso? Eu fiz o meu trabalho... como sempre. — Coçando a cabeça de novo, ela sorri e pisca o olho para ele.

O promotor revira os olhos, endireitando-se o

máximo que consegue, e passa por ela pelo pequeno portão e sai da sala.

Miku sorri para si mesma, balançando a cabeça algumas vezes, e depois sai da sala com a cabeça erguida.

———

MIAMI, FL, LE PETIT CHAMPIGNON:

Paulina está atrás de uma garota que mexe uma panela de sopa. A mão da garota treme quando ela levanta a colher de degustação até os lábios e sorve.

Paulina contrai os lábios. — Bem, como você acha que está de sabor? — Ela inclina-se para a frente, olha para o prato e respira fundo. — Porque cheira como a vagina de uma mulher desabrigada. — Olhando para a garota, ela ergue as sobrancelhas. — Tem gosto da vagina de uma mulher desabrigada? — Ela mantém o olhar.

A garota funga, lutando contra as lágrimas, e abaixa a colher.

Paulina balança a cabeça, colocando as palmas das mãos ao lado do corpo. — E então?! — A voz dela fica mais alta, o tom dela sobe três oitavas.

A garota começa a chorar, e a voz dela treme. — Tem o sabor da vagina de uma mulher desabrigada. — Ela soluça entre suas mãos.

Paulina bufa, apontando para a porta da cozinha. — Vai cagar nas calças, limpe-se e comece de novo. — Ela sacode o dedo pontiagudo e faz os seus cachos vermelhos balançarem.

A garota foge da cozinha, soltando gritinhos entre os soluços.

Paulina bufa, virando-se para a sopa, e traz a colher para os lábios. — Vamos ver, está assim tão ruim? —

Sorvendo o restante da sopa, ela contrai os lábios e abaixa a colher. — Precisa de mais sal... e mais alho, mas não está ruim. — Pousando a colher na mesa, ela liga a televisão enquanto espera que a garota volte, passando os canais.

As notícias do Canal 9 chamam-lhe a atenção com uma foto da Sykes Manor, e ela para.

A morena do noticiário fala com ceticismo para a câmera enquanto lê o teleprompter. — A atração mais comentada ultimamente é um lugar chamado Sykes Manor. Dizem que é a casa de horror mais excitante e assombrada dos Estados Unidos. Três anos e fez centenas de milhares de dólares ao funcionar o ano todo para aqueles que gostam de ter ataques cardíacos. — Ela ri, voltando-se para o seu colega. — Você se arriscaria a morrer por conta desta próxima parte? — Eles riem juntos.

Paulina perde o interesse, voltando à sopa, e adiciona uma boa quantidade de sal, mexendo, e leva a colher de volta aos lábios. — É... — Ela mexe os lábios. — Está melhor, mas ainda precisa de alho. — Ela afasta-se da sopa e da TV, procurando dentes de alho frescos.

Ao ver os olhos arregalados de seu colega voltarem-se para ela, a âncora volta-se para a câmera. — Este proprietário desconhecido está oferecendo a doze pessoas uma visita interna gratuita e uma festa privada. Se eles ficarem a noite toda, podem ganhar cem mil dólares. — Ela estremece. — Soa um pouco suspeito, não acha, Gerry? — Ela se vira para o colega.

Paulina para de cortar, e olha por cima do ombro para a televisão, deixando-a prender a sua atenção à menção de dinheiro. — Isso seria perfeito para começar a expandir. — Ela se vira totalmente para ouvir mais de perto.

Gerry olha para a mesa, balançando a cabeça algumas vezes. — Não sei, Carol, essa quantia parece que vale a pena pra mim. — Ele ri, olha para ela, e bate os papéis na mesa, deixando-os cair por cima das mãos. — Eu meio que quero entrar. — Ele sorri, voltando-se para a câmera. — Se estiver interessado, pode receber o seu convite dourado pelo correio. Há várias formas de inserir suas informações também.

Paulina se move rápido para encontrar papel e caneta, pegando um saco de papel marrom de um balcão e uma caneta do seu bolso.

O âncora continua. — Entre no site www.sykesmanor.com, que está linkado ao Facebook, Twitter, Instagram... — Ele se mexe na cadeira, olhando para o teleprompter. — *StumbleUpon*, *Delicious* e *Buzznet*. — Ele ri, virando-se para Carol. — Uau, talvez eu tenha que entrar por todos eles. — Ele balança a cabeça, rindo com Carol, e acena uma vez com a cabeça para a câmera enquanto ambos se viram. — Quando voltarmos, vamos deixar o Dr. Garret mostrar-lhe como perder essa teimosa gordura abdominal. Ele aponta para a câmera. Agora o intervalo. — A televisão muda para o trailer de um filme.

Paulina suspira, olhando para a lista de opções de entrada. — Eu vou comprar o meu segundo restaurante. — Ela sorri para a página com a escrita rabiscada, e depois uma figura aparece do seu lado direito.

A garota está de pé na entrada, torcendo o avental. — Estou pronta para tentar novamente. — Mordendo o canto da boca, ela dá olhadelas para Paulina.

Paulina move-se com rapidez, põe o papel no bolso do avental e aponta o polegar em direção à sopa. — Então? — Ela faz uma pausa, encarando. — Por que é que está aí parada? Vá trabalhar! — Apoiando as mãos nos quadris, olha para a garota, observando-a mover-se pela cozinha.

———

Em um apartamento de três quartos e dois banheiros e meio na parte agradável de Miami, Miku abre a porta, colocando a pasta no chão à sua esquerda, as chaves no gancho, e os seus sapatos no tapete à direita, logo atrás da porta. — Paulina! Estou em casa! — Fechando a porta, ela se prepara para trancá-la e tira o blazer enquanto caminha para o fundo da casa.

Paulina coloca a cabeça para fora da curva da cozinha, com farinha cobrindo o rosto. — Não! Não entre aqui! Você chegou cedo! — Ela volta para cozinha, e ouve-se um tinido.

Miku ri, esticando o pescoço numa tentativa muito dramática de ver além da curva. — O que está aprontando? E sim, ganhei, outra vez... Por isso, podemos ir para casa mais cedo do que pensávamos. — Ela atira o blazer por cima de um banco de bar e serpenteia para a sala de estar.

Paulina grita da cozinha.

— É uma surpresa — parabéns pela vitória, e tenho algumas boas notícias.

Miku se joga sobre o sofá branco secional, esticando as pernas sobre a área do lounge. — Ah? O que é? — Ela desabotoa os três botões de cima da blusa branca e encosta a cabeça na parte de trás do sofá, fechando os olhos.

Paulina ri um pouco. — Eu inscrevi nós duas neste concurso para ganhar cem mil dólares. Tudo o que temos de fazer é passar a noite numa casa assombrada no Mississipi. E não se preocupe, eu usei a sua caixa de trabalho como você gosta. — Ela aparece na curva, desatando o avental azul, e sorri para Miku.

Miku levanta a cabeça, arqueando uma sobrancelha. — Uma casa assombrada? Isso pode ser considerado um desafio? — Ela sorri, olhando Paulina de cima a baixo. — Você sabe como fica fofa quando está suja de tanto cozinhar? — Deslizando do seu assento, ela se aproxima dela, limpando um pouco de farinha com o polegar.

Paulina sorri. — Sabe como está gostosa com sua camisa desabotoada assim? — Lambendo os lábios, ela morde o lábio inferior, e inclina-se, plantando um beijo suave, mas firme e apaixonado, nos lábios de Miku.

CAPÍTULO TRÊS

LAREDO, TX, CONCURSO DE COMER
PIZZA SABOR DE LAREDO

Jeb está diante de uma forma de pizza de noventa centímetros, enfiando pedaço após pedaço em sua boca enquanto um estádio de pessoas aplaude, grita e vaia.

Um relógio de ponto faz a contagem regressiva acima dele e de outros quatro desafiantes.

O mestre de cerimônias estende a mão para eles, colocando o microfone em seus lábios. — Falta apenas um minuto! Sobram alguns pedaços de pizza na mesa, amigos! Quem será o próximo campeão comedor de pizza de Laredo? — Ele estende a mão a Jeb e aos outros concorrentes.

A multidão irrompe em aplausos. Eles acenam cartazes, gritando o nome do Jeb e tocando buzinas.

Jeb olha para seus concorrentes mergulhando as suas pizzas na água, dobrando-as, e mastigando como loucos. Ele se volta para sua forma, mergulhando a crosta de pizza algumas vezes no copo de água, e enfia a fatia em sua boca.

O relógio atrás deles chega aos dez segundos finais.

A multidão faz a contagem regressiva.

Dez.

Nove.

Oito.

Sete.

Seis.

Cinco.

Quatro.

Três.

Dois.

Um!

Empurrando o último pedaço de crosta por entre os dentes, Jeb mastiga e mastiga, forçando o bolo a descer pelo esôfago com um bom gole de água para o ajudar a deslizar mais facilmente para baixo.

O relógio para, deixando sair um alerta sonoro.

De pé, Jeb põe as mãos sobre o estômago. Inchando as bochechas, ele luta contra o vômito. Engolindo-o de volta, ele abre a boca, pondo a língua de fora.

A multidão fica louca.

O juiz se aproxima dele, colocando o seu braço direito no ar.

Jeb também levanta o braço livre, erguendo os punhos acima da cabeça.

Os outros concorrentes rosnam, balançando a cabeça, e jogam o resto da pizza de volta na forma. Um dos homens corre para a parte de trás do palco e vomita por cima da grade do palco na grama. Outro começa a chorar, colocando as mãos sobre o rosto.

Uma mulher muito chateada se aproxima dele, colocando os braços sobre os ombros dele. — Está tudo bem, Johnny, vamos conseguir o dinheiro de outra forma. — Ela lhe dá uma palmadinha enquanto eles saem do palco.

O mestre de cerimônias entrega a Jeb um troféu com cem mil dólares na taça, aperta-lhe a mão, e eles se viram para a frente para tirarem fotos.

Jeb olha por cima do ombro, observando o homem e a mulher chorando, após ouvir o que ela disse, e deixa o mestre de pé sozinho na frente da câmera.

Quando ele se aproxima do casal, a mulher olha

para cima, esfregando os ombros do homem. — Posso ajudar? — Ela olha para o homem sentado com o rosto entre as mãos.

Jeb lhe dá a pilha de dinheiro. — Eu, ahn, eu não preciso dele. — Dando de ombros, ele dá um passo para trás.

A mulher olha para o dinheiro em suas mãos, sem palavras, e cutuca o homem com o cotovelo. — Johnny, Johnny! Olhe! — Com os olhos arregalados e um enorme sorriso, ela mostra o dinheiro a ele.

Johnny para de se lamentar, ergue o rosto e encara Jeb. — O que é isto? Algum tipo de caridade? — Ele salta do seu assento, apontando para Jeb. —Acha que eu amarelei? — A cara dele fica mais vermelha do que antes, e ele estende o dedo, cutucando o peito forte de Jeb.

Jeb levanta as mãos, inclina a cabeça para baixo, e olha para o chão. — Olha, cara, é Johnny, certo? Acabei de ouvir o que a sua mulher disse, e pensei em ajudar. Eu queria mais o título do que o dinheiro. — Ele dá de ombros, mantendo as mãos no ar, e flexiona os braços grandes demais.

Johnny endireita-se, cruzando os braços, e depois limpa a boca algumas vezes, olhando por cima do ombro para a mulher e para o dinheiro. — Bem, obrigado. Nós não pagamos um empréstimo e precisávamos do dinheiro para por ele e pela hipoteca da casa. — Resignado, ele balança a cabeça, estendendo a mão.

Jeb olha da mão para os olhos do Johnny e a aperta. — Não tem problema. Todos nós desmoronamos em momentos difíceis. — Acenando para os dois, ele dá meia volta.

Um homem magricela, uns trinta centímetros menor do que Jeb, aproxima-se dele com uma camiseta da Def Leppard, shorts cáqui de carga e um converse preta de cano baixo, e bate uma mão no meio das costas de Jeb.

— Ei, cara, eu sei que eles estavam tipo "Nós precisamos de dinheiro", mas você também precisa. Ou se esqueceu? — Erguendo os olhos, ele levanta uma sobrancelha para Jeb.

Jeb revira os olhos, balançando um pouco a cabeça. — Vai ficar tudo bem, Kik, eu posso ganhar a próxima competição e recuperar o dinheiro. Willard vai entender. — Ele se vira para Kik, assentindo algumas vezes.

Kik revira os olhos, acalma-se e bufa. — Ora, J, sabe melhor do que eu que Willard não dá segundas chances. — Ele aponta para trás deles. — Aquele era o nosso passe para a liberdade. Ele não é um cara bacana. — Ele põe as duas mãos nas pernas dele. — E eu, por exemplo, gosto de usar minhas pernas. — Arqueando a sobrancelha novamente, ele levanta o olhar, estendendo as mãos.

Jeb ri profundamente, coça o peito robusto e olha para frente enquanto caminham. — Eu vou conseguir de volta, prometo. — Ele para de andar, batendo o lado do punho contra o peito, e solta um arroto enorme e alto que parece nunca mais acabar. — Nossa! Eu me sinto muito melhor. — Dando risada, ele se vira para Kik.

Kik só olha para ele. — Cara, beba um pouco de enxaguante bucal. — Ele abana a mão na frente do rosto. — Isso foi fedorento. — Fazendo uma careta, ele se inclina para trás, ainda se abanando. — E como planeja ganhar este dinheiro de volta, huh? O próximo concurso é daqui a um mês. Você tem umas três semanas. Ele não vai esperar muito mais. — Dando de ombros, ele estende as duas mãos, mantendo-as ali.

Jeb também dá de ombros, balançando a cabeça, e olha para o outro lado do parque, parando de repente e apontando. — Ali. — Ele aponta o dedo pontiagudo para um cartaz num poste de arame, e eles vão até ele.

Kik passa o dedo por baixo das palavras, parando em "cem mil dólares". —Jeb. — Ele bate no peito de Jeb com a parte de trás da mão, erguendo a cabeça. —

Realmente acredito que fez alguma coisa... pra variar. — Rindo, ele puxa o telefone e tira uma foto do cartaz da festa de uma noite de Sykes Manor.

Jeb o cutuca com o cotovelo carnudo, apontando para as palavras super minúsculas na parte inferior do cartaz. — Diz que o prazo final das inscrições é amanhã. E a festa é daqui a duas semanas. Os vencedores vão receber os convites na próxima semana. — Sorrindo, ele se vira para Kik. — Se explodirmos a entrada temos mais chances de conseguirmos, e podemos pagar ao Willard antes da data marcada. — Mantendo o sorriso, ele pisca os olhos.

Kik guarda o celular, enfia as mãos nos bolsos logo a seguir e acena com a cabeça para a esquerda. — Ainda tem espaço? — Ele aponta com a cabeça para uma lanchonete do outro lado da rua, e dá um tapinha no seu estômago que ronca.

Jeb coloca o braço no ombro de Kik, dando-lhe um empurrão. — Sim, cara, estou com vontade de algo doce. — Ele estala a língua algumas vezes no céu da boca. — Espero que eles tenham bolachas. — Lambendo os lábios, ele coça o peito largo, alongando-se um pouco.

Kik esfrega o ombro, balançado a cabeça com um sorriso e um risinho, e depois lidera o caminho.

———

FINALE LIGURE, ITÁLIA, SESSÃO FOTOGRÁFICA DA VOGUE:

As câmeras clicam e piscam sucessivamente.

Três mulheres, que parecem não menstruar desde os quinze anos, posam em volta de um Blake alto e magro, cujo cabelo comprido se espalha e se movimenta em torno de sua cabeça e ombros. As roupas escuras e o cabelo e maquiagem dramáticos se contrastam com um céu azul brilhante com vista para uma praia.

Blake segura as pontas do colarinho de um blazer preto aberto enquanto olha fixamente para nada em particular. Ele deixa as mulheres se apoiarem nele, abraçá-lo e deslizar seus braços sobre ele durante a próxima hora, enquanto elas mudam de posição, de pé para sentadas e daí para relaxadas. No final desta hora, durante as mudanças de roupa e maquiagem, ele relaxa em sua cadeira de maquiagem enquanto a artista se move ao seu redor.

Uma jovem com um coque loiro brilhante vestindo jeans e uma camiseta de festival de blues se move em todos as direções, colocando uma fina camada de base enquanto fala em seu bluetooth. — Sim, mamãe, eu li sobre a festa no meu telefone. Eu vou entrar de qualquer maneira. — Ela ri, cruzando os dedos. — Torça para que eu esteja de volta aos Estados Unidos até lá. — Ela faz uma pausa, adicionando um pouco blush cor-de-rosa pálido nas bochechas de Blake. — Ah, eu sei. Espero comprar uma casa com esse dinheiro. Cem mil dólares é muito dinheiro para nós, pobres. — Rindo, ela se vira para o espelho, pousando a paleta. — Sim, mamãe, está bem. Também te amo. Adeus. — Tirando o bluetooth, ela volta-se para Blake. — Desculpe por isso. — Ela oferece um sorriso tímido. — A minha mãe às vezes pode ser um bocadinho tagarela. — Revirando os olhos, ela abana a mão no ar.

Blake se mexe no banco de tecido. — Não tem problema. — Ele pausa, levantando um dedo do braço estreito da cadeira de madeira. — Mas sobre o que é que vocês duas estavam falando exatamente? — Ele fecha os olhos quando ela se aproxima.

A artista ri. — Ela viu as notícias sobre a casa assombrada, Sykes Manor, que está promovendo um concurso escolhendo doze pessoas aleatórias para ganhar cem mil dólares, se eles puderem durar a noite toda. — Ela espalhou uma sombra azul nas pálpebras dele. — Eu estava dizendo a ela que vou me inscrever hoje à noite. — Ela riu pelo nariz, adicionando gel às sobrancelhas dele para mantê-las no lugar. — Duvido que me escolham, mas nunca saberei se não tentar. — Ao terminar, ela esfrega as mãos e suspira.

Blake suspira com um sorriso, apontando o queixo para ela. — Se infelizmente você não for escolhida, quer sair para jantar comigo? — perguntou ele endireitando-se e segurando o olhar dela.

A artista deixa escapar uma gargalhada alta e barulhenta, cobrindo imediatamente a boca e falando por entre os dedos. — Me pergunte outra vez quando não estiver parecendo um palhaço asiático. — Rindo, ela sai, liberando o espelho.

Blake olha para o trabalho de maquiagem encomendado pela empresa de modelos e rosna, grunhindo para si mesmo. Merda. Ele pondera a ideia de ganhar esse dinheiro só para tirar umas boas férias. Talvez no Colorado. Sim. Isso seria bom, não apenas ir para casa, mas viver na pousada mais bonita e esquiar do amanhecer ao anoitecer. Aproximando-se de sua mochila próxima à penteadeira portátil, ele puxa o celular e procura como se inscrever.

CAPÍTULO QUATRO

PONTE BREAUX, LOUISIANA, NA SALA
SECRETA NOS FUNDOS DO BACK
WOODS BAR

Um Houston mais velho, menos desengonçado e mais magro está sentado numa cadeira de computador velha, com um tecido verde brilhante e liso rasgando nas costuras.

A fumaça do charuto e do cigarro permeia a sala, agarrando-se à umidade do ar quente.

Outros cinco cavalheiros sentam-se ao redor da mesa com ele, cada um soprando um dos dois tipos de fumo.

Uma mulher loira bronzeada, provavelmente na casa dos trinta, mas que parece ter cinquenta, serve à mesa uma rodada de cervejas.

Hugh passa o polegar por cima das cartas na mão, olhando para as que ficaram na mesa, e bufa. — Eu cubro. Aposto tudo. — Pegando todas as suas pequenas pilhas de fichas, ele as atira em um pote no meio da mesa.

O homem ao seu lado também aposta.

O homem ao lado dele verifica.

E o carteador no final da mesa inclina-se para trás, falando com um forte sotaque Cajun. — Muito bem, todas as apostas estão feitas. — Ele bate algumas vezes na mesa, de olho em Hugh.

Hugh coça a parte de trás de seus cachos finos e desgrenhados, arqueando uma sobrancelha para suas cartas, e deixa a mão passar pela boca, coçando seu fino cavanhaque.

Os outros homens encaram-no, olham para suas próprias cartas e fumam seus cigarros.

O primeiro homem vira as suas duas cartas, falando com sotaque Cajun também. — Dois pares, quatros e damas. — Ao bater a ponta do charuto, ele resmunga baixinho — Devia ter dobrado. — Movendo-se na cadeira, ele murmura palavrões em francês.

O próximo homem vira as suas cartas, falando num sotaque texano. — Três damas e dois seis. — Ele sorri, dando palmadinhas no ombro do primeiro homem.

O primeiro homem afasta o ombro, golpeia o sujeito e murmura mais coisas em francês.

É a vez de Hugh, e ele engole em seco. — Bem, vocês todos. — Ele olha à volta da mesa. — Vocês me venceram mais uma vez. — Ele dá uma risada sem entusiasmo, parecendo ter engolido uma lixa, e vira as cartas dele. — Eu não tenho nada. — Ele dá outra risadinha sem emoção. — O que posso dizer? Vocês aceitaram meu blefe. — O calor irradia por baixo da camisa encharcada de suor, atingindo seu queixo e bochechas.

Os homens rosnam, o carteador inclina-se sobre a mesa em direção a ele. —Está dizendo que não tem dinheiro? — Endireitando-se outra vez, ele cruza os braços.

Hugh olha ao redor da sala cheia de homens corpulentos com armas e engole com mais força ainda que sua boca esteja sempre seca. — Se puder me emprestar um pouco mais, tenho certeza de que o posso recuperar. Estou apenas passando pela seca de um jogador, só isso. — Ele deixa as mãos caírem ao lado do corpo, e depois as levanta em direção aos homens que o encaram. — Vamos pessoal, e a boa e velha hospitalidade sulista? Hein? — Ele faz uma pausa, olhando ao redor com um sorriso esquisito no rosto.

Quando ele se dá conta, um dos homens corpulentos o atira pela porta dos fundos, no beco estreito, e de cara na parede de tijolos do prédio ao lado. Tossindo, Hugh apoia-se nos antebraços e nos joelhos devagar.

O homem que o atirou grita num forte sotaque Cajun: — Arranje o dinheiro, ou não conseguirá mais andar. — Ao virar-se, fecha a porta com força atrás dele.

Hugh geme, ao falar com o homem, mas na verdade está falando consigo mesmo. — Como vou conseguir o dinheiro se não posso andar para consegui-lo? — Tossindo, ele geme de novo, colocando uma mão no estômago, e olha para cima.

Uma página rosa-choque de papel laminado bate contra um poste de energia alguns metros abaixo do beco, estalando de maneira alta repetidamente.

Levantando-se, Hugh caminha pelo beco em direção ao poste, com a intenção de se afastar dele e ir para a direita, mas a imagem e o texto gigante gritando "cem mil dólares" no panfleto chama a sua atenção.

No meio do papel, em tinta preta desbotada, está uma imagem da Sykes Manor. As informações estão listadas ao redor da foto e na parte inferior.

Puxando o telefone, a tela agora trincada em um dos cantos, ele se inscreve por todos os meios possíveis.

———

SANTA FÉ, NOVO MÉXICO

Sentada no meio da sua sala de estar, numa cadeira de jogo de couro branco puro, Brenda clica no controle do Xbox, falando em seu fone de ouvido. —Muito bem, pessoal, vocês têm de se recompor. Nós NÃO podemos perder este TDM. Eu tenho muito dinheiro apostado nele. — Pressionando o controle, ela segura o botão do gatilho, matando um dos adversários.

Os disparos rápidos e as explosões vêm dos enormes

alto-falantes em ambos os lados da sua estação de jogo com múltiplos monitores.

Uma voz masculina soa nos seus fones de ouvido. — Não perca tudo, Bubbles, estamos indo bem, garota.

Brenda vê uma granada atingir um dos seus parceiros. — Droga, Reggie! Eu disse para ter cuidado com o seu minimapa e ficar atento! Pare de ser um peso morto! — Ela agarra com mais força o controle, clicando e apertando, acertando cada alvo.

Uma voz masculina angustiada sai pelos fones de ouvido. — Eu não sou um peso morto, Bubbles, sua puta do caralho! Pare de gritar comigo! Eu cometi um erro!

Bubbles deixa escapar uma risada estridente e histérica. — Sim, um erro que nos coloca acima do número de mortos e nos custa a porra da batalha! Aff! — Enfurecida, ela atira o controle pela sala, acertando a parte de trás da cadeira.

Várias vozes, femininas e masculinas, saem pelos fones de ouvido, falando todas ao mesmo tempo.

— Não seja assim, Bubbles.

— Ora, garota, é só uma partida.

— Não se pode ganhar sempre.

— Quanto dinheiro você apostou em nós?

A última pergunta faz com que ela pare de andar na sala e afaste o cabelo loiro e curto com um bufo. — Cinquenta mil. — Ela suspira, deixando a mão passar pelo rosto e parar na boca.

As vozes começam de novo.

— Droga, B. Por que tanto?

— No que você estava pensando? Nem recebemos tanto assim para jogar.

— Onde arranjou o dinheiro, e por que não nos contou?

Brenda choraminga um pouco antes de voltar a bufar. — Tenho guardado os meus ganhos... — Ela se vira rapidamente para encarar a tela mostrando seus XP e os poucos itens desbloqueados, e sua voz treme. — E então, uma noite, alguém da outra equipe me mandou uma mensagem, apostando que poderia nos vencer com orientações extremamente específicas em torno de sua hipótese... — Os olhos dela se arregalam quando se voltam para o chão, e ela balança a cabeça como se eles pudessem vê-la. — E claramente eles estavam errados, mas a porra do Reggie tinha que se atacar e ser atingido por uma maldita granada para nos derrubar. — Ela aponta a mão inteira na frente dela como se eles conseguissem vê-la e range os dentes.

A voz do Reggie volta para o fone de ouvido com um tom suave e profundo. — Não. Foi. Culpa. Minha. Aquela granada apareceu do nada, e o jogo teve uma falha que lhes deu a vitória. Eu estava me afastando. Eu nem sequer estava perto da granada. Nos sabotaram.

Uma dor se acumula na boca do estômago de Brenda, e ela suspira, beliscando a ponta do seu nariz enquanto fecha os olhos. — Se isso é verdade, Reggie, então eu te devo um pedido de desculpas. — Soltando a ponta do nariz, ela volta ao monitor, abrindo a caixa de diálogo, que mostra uma tela-fonte. — Eu vou olhar o código para ver se foi uma falha de verdade. — Ela puxa seu teclado sem fio, tocando nas teclas cobertas de silicone.

Os fones de ouvido ficam silenciosos.

Brenda cai de novo na cadeira, deixando-a girar, e bufa. — Foi uma falha realmente. — Ao bater com a mão na testa, ela murmura as palavras. — Desculpa, Reggie. — Olhando para a esquerda, ela rosna para si mesma.

A voz da Reggie vem um pouco mais suave do que antes. — Obrigado, Bubs. — Ele suspira, depois uma das telas mostram ele se desligando.

Brenda suspira de novo, girando a cadeira com o dedo do pé. — Nos vemos mais tarde, tenho de descobrir como recuperar o meu dinheiro. — Antes que algum deles possa responder, ela desliga os fones, tocando algumas teclas, e desliga todos as telas exceto a principal.

Uma caixa de texto aparece no canto inferior direito da tela anunciando um concurso.

Intrigada, Brenda clica nela. — Provavelmente é spam, mas vale a pena dar uma espiadela. — Dando de ombros, ela passa os olhos por cima da caixa de texto maior que ocupa metade da tela.

Uma luz piscante envolve uma colagem de imagens com vísceras, sangue e crueldade. A imagem do meio é a do Sykes Manor em preto e branco para um efeito sinistro.

Brenda olha a tela, sussurrando as palavras. — Mas que merda é esta? — Ligando as telas novamente, ela liga o fone, conferindo a lista de pessoas online.

Dedric ainda está conectado.

Ótimo.

Brenda ajusta o microfone na frente da boca. — Oi, D. — Ela espera.

Dedric suspira para o microfone. — Sim, garota?

Brenda sorri para si mesma, as bochechas ficam um pouco quentes. — Acabei de receber este pop-up para um concurso de casas assombradas; o prêmio é de 100 mil se você durar a noite toda. Ela bufa. — Você está afim? Tudo o que temos de fazer é entrar com o nosso nome e endereço. — Inclinando-se para trás, ela gira na cadeira. — Ou acha que é spam? Porque ainda não ouvi falar do Sykes Manor. — Ela apoia o cotovelo no braço da cadeira, enfiando o queixo na mão, e espera que ele responda.

Uma leve risada atravessa o fone. — B, eu me inscrevi nisso há semanas. Hoje é o último dia de inscrição. Aquele lugar é pra ser o suprassumo das casas assombradas, como um tipo de horror total de primeira qualidade. Se inscreve, garota!

Brenda morde o lábio inferior, e então ela se dá conta

e ergue as sobrancelhas. — Você sabe disto há semanas e só agora é que me fala? Eu vim te contar minutos depois de saber. — Ela se endireita na cadeira, olhando para o vazio entre ela e o teclado.

Dedric dá risadinha. — Desculpa, B, não sabia na época que seria uma coisa tão importante. Eu nem tinha certeza se era a sua praia. — Ele lhe dá aquela mesma risada encantadora.

Brenda revira os olhos para si mesma, balançando a cabeça, e sorri. — Está tudo bem, mas da próxima vez, lembra-se de que é totalmente a minha praia. — Ela sorri para si mesma, soltando uma risada leve, e desliga as telas novamente.

Percorrendo o anúncio, ela chega às inscrições, colocando suas informações, e depois desliga a última tela, indo para a cozinha fazer um sanduíche de peru.

CHARLOTTE, CAROLINA DO NORTE, CORRIDA RIVER JAM: EDIÇÃO TRIATLO

Dorine cruza a linha de chegada da sua última corrida segundos depois do seu principal adversário e diminui o passo, recuperando o fôlego. — Como sempre, Marci, boa corrida. — Tirando a mão da cabeça, ela a estende, respirando fundo.

Marci sorri, segura sua mão e a balança, recuperando o próprio fôlego. — Digo o mesmo para você. — Buscando ar, ela devolve a mão ao topo da cabeça, deixando sua respiração sair devagar.

Com a respiração normalizada, elas se dirigem à estação de água, pegam os pequenos copos de papel vermelho e bebem sem exagerar e sem congelar o cérebro com a bebida gelada. Do outro lado da mesa ao lado delas estão os atendentes da estação de água, conversando.

Dorine inclina-se para eles. — O que foi que disse sobre um concurso? — Ela olha para uma loira platinada, que lhe dá um olhar severo por bisbilhotar.

A loira põe as mãos na cintura. — Há uma casa assombrada no Mississippi com um concurso para ver quem consegue ficar a noite inteira em troca de cem mil dólares. — As sobrancelhas dela se contraem, e ela grunhe.

Dorine olha para Marci e sorri. — Oh, isso parece muito legal. — Ela devolve o olhar à loira, empertigando-se. — Mas eu nunca ouvi falar disso. — Sorrindo dramaticamente, ela pisca algumas vezes.

A loira platinada revira os olhos.

A garota com cabelo loiro acastanhado à sua esquerda solta uma gargalhada, dirigindo-se a Dorine. — Está brincando, certo? — Ela olha para Dorine, arqueando uma sobrancelha.

Dorine ri sarcasticamente para Marci, balançando a cabeça. — Temos treinado para os Jogos Olímpicos. Mal tivemos tempo para mijar, quem dirá para fazer algo divertido. — Ela bufa de novo, cutucando Marci com o cotovelo.

A garota encara as duas, com a boca um pouco aberta. — É a atração mais famosa nos EUA neste momento. Como é que não viu, tipo, um anúncio ou ouviu falar dela através de, tipo, um podcast, ou mesmo nas notícias? — Ela solta algumas gargalhadas forçadas, nunca tirando os olhos delas.

Dorine levanta as sobrancelhas, os olhos se arregalando por um segundo, e ela ri, botando os olhos em Marci. — Então, como é que eu entro neste concurso super famoso? — Acenando com os dedos algumas vezes, ela cruza os braços sobre o a camiseta e o número de corrida se amassam.

Ambas as garotas balançam a cabeça, mas a loira platinada responde. — Ah, não... vocês duas podem descobrir isso sozinhas. Acho que já ajudamos o suficiente. — Dando-lhes um sorriso fechado, ela cruza os braços, encarando-as.

Dorine e Marci riem, falando em uníssono. — Muito bem... — Rindo ainda mais, afastam-se das garotas e da multidão.

Sentada num banco, Dorine vira-se para Marci. — Quer entrar junto comigo? Podemos dividir os ganhos. — Semicerrando os olhos, ela olha para Marci, deixando que o canto virado da boca dela separe seus lábios.

Marci suspira, observando o chão a seus pés. — Não sei, D. Como disse, mal temos tempo suficiente para mijar, quanto mais para nos divertirmos. Além disso, já não temos muito tempo para treinar, e isto é tão imediato. Quando é que eles vão sortear e em que noite vai ser? — Ela morde o canto da boca.

Dorine inclina-se para a frente no seu assento, apoiando os cotovelos nos joelhos. — Bem, vamos ver isso. — Ela puxa o telefone, abrindo o Google e escrevendo na barra de pesquisa. — Diz aqui que hoje é o último dia para se inscrever, o sorteio é esta noite, eles anunciam os vencedores na próxima semana, e a festa é na semana seguinte. — Ela devolve o olhar à Marci. — Então, quer dividir o prêmio? — Ela sorri.

Marci morde o canto da boca outra vez. — Bem, tenho uma pergunta, o prêmio é por vencedor ou é uma quantia fixa? — Ela sorri.

Dorine ri, rolando a página em busca das formas de entrar. — Esta é a minha garota. — Dando espaço para Marci se sentar, elas preenchem os formulários de inscrição com seus dados.

CAPÍTULO CINCO

Nathan senta-se na desconfortável cadeira de metal com o mínimo de amortecimento, braços cruzados sobre a borda da mesa, e a cabeça apoiada nos pulsos. Seus dreads loiros platinados estão pendurados sobre seus ombros, pescoço e bíceps.

A portas se abre.

Nathan levanta a cabeça, os olhos avermelhados e com olheiras se estreitando em direção ao policial do outro lado da mesa. — Então, agente Corey, a minha informação foi boa? — Bufando, ele limpa a cara afundada e magra com as duas mãos, endireitando-se e encostando-se na cadeira.

Corey coloca um pacote para viagem da Smashburger em cima da mesa. O cheiro de cogumelos, queijo suíço, cebola e batatas fritas enche a sala.

Nathan lambe os lábios, inclinando-se para a frente, tentando alcançar o pacote.

Corey tira-o de seu alcance. — Não tão rápido, Nathan. A sua informação era boa. Temos o que precisávamos, mas tem que ficar limpo, cara. — Ele faz uma pausa, bufa, e baixa a voz. — Para o nosso bem. — Limpando a boca, ele empurra o saco na direção de Nathan.

Nathan agarra o pacote. Puxando-o até o rosto, ele

espreita lá dentro. Inclinando-se para trás, ele enfia a mão no pacote, o papel se amassando, e puxa um enorme hambúrguer para fora. Depois disso, um recipiente de papelão com batatas fritas. Observando Corey, ele desembrulha o hambúrguer, enfiando-o na boca.

Corey se inclina com um suspiro, limpando a boca novamente, e vê Nathan se empanturrar.

Nathan engole, tomando um gole do seu copo, e enfia mais um pedaço na boca, falando através da comida. — Eu sei, porco. Eu sei. — Ele segura o hambúrguer com um sorriso de esquilo. — Obrigado pela comida. — Deixando escorrer um pouco de comida pelos lábios, ele volta a mastigar com a boca aberta.

Corey faz careta, revirando os olhos, e se força a ignorar os sons de mastigação. — Sim, claro. — Segurando a ânsia de vômito na garganta, ele espera uma eternidade até Nathan acabar de comer.

Quando termina, Nathan solta um arroto alto, enfiando as últimas três batatas fritas na boca com um sorriso. — Então, você me leva para casa? — Ele toma a última golada de sua bebida, fazendo aquele barulho de sucção.

Bufando, Corey concorda, levantando-se do seu lugar com um ligeiro grunhido. — Sim. — Ele suspira, segurando a maçaneta da porta. — Vamos. — Ele abre a porta, olhando para o topo do batente enquanto espera.

Nathan se arrasta, pegando seu lixo, e o joga na lixeira ao lado da porta do corredor.

Os dois andam pela pequena delegacia até o estacionamento, e Nathan entra na parte de trás da viatura de Corey.

Dez minutos depois, Corey para num prédio de apartamentos e sai, abrindo a porta traseira do lado do motorista. — Entre e se limpe. Eu saio do trabalho dentro de algumas horas. — Ele bufa, vendo o sorriso de Nathan, e olha para o horizonte. — Raios, ainda bem que já recebi a sua parte do aluguel quando o seu cheque chegou. — Ele enrola a língua ao longo da boca, encarando os olhos de Nathan. — Sai. — Ele se afasta, segurando a porta.

Nathan bufa, deslizando pelos assentos plástico e ri quando sai. — Sim, vou estar limpo quando chegar em casa. — Rindo, ele balança a cabeça, sacode as chaves do bolso e manca para dentro.

Balançando a cabeça, Corey bate com a porta do carro, vendo-o entrar no apartamento e depois volta ao trabalho.

Uma hora e meia depois, Corey está sentado à sua mesa, folheando o Facebook enquanto mordisca as sobras de um sanduíche do Subway. Pegando um pedaço, ele rola até um anúncio da Sykes Manor. Ele detalha o concurso e os meios de inscrição, assim como mostra fotos da atração. Ele clica no link, que o leva a uma página separada do Safari para entrar.

Hesitando um pouco, Corey murmura para si mesmo: — Que se dane. — Ao clicar na caixa de endereço, ele coloca o endereço de sua caixa postal.

Ao terminar, Corey faz uma pausa quando uma ideia que lhe passa pela cabeça. Tomando iniciativa, ele inscreve Nathan com o endereço do apartamento deles. Sentado, ele curva os dedos sobre os lábios, olhando para a confirmação da inscrição ocupando a tela. Ao fechar a janela, ele desliga o telefone e continua com o resto da papelada, deixando-a ocupar sua mente.

———

Mais tarde naquela noite, o relógio mostra o fim do turno, e Corey pega seu casaco e suas chaves, entrando na viatura. Depois de chegar ao prédio de apartamentos, ele solta a gravata, mexendo nas chaves até encontrar a certa, e abre a porta.

Puxando a chave da fechadura, Corey olha ao redor

da entrada do seu modesto e escuro apartamento de dois quartos com um banheiro. — Ei, Nate! Estou em casa! Espero que não tenha comido o resto dos meus *Cocoa Pebbles*. — Rindo, ele levanta uma sobrancelha na escuridão silenciosa. — Ei! Por que estão todas as luzes apagadas? Falamos em deixar essa ligada para eu poder entrar. — Grunhindo, ele fecha a porta com um clique suave, esperando ouvir uma resposta.

Nada.

Isso é estranho. Ele sempre dá algum tipo de resposta sarcástica. Um súbito pânico instala-se e Corey dirige-se para o quarto de Nathan, nos fundos do apartamento.

A porta está rachada o suficiente para que o fecho toque metal a metal.

Uma luz pisca de dentro, e uma conversa suave escapa de dentro.

Corey põe a mão na porta, hesitando contra a verdade que ele pode encontrar. Engolindo com força, ele empurra a porta, abrindo-a um pouco mais. Ela guincha nas dobradiças, e o seu coração dói ao ver que ela revela.

Ali, jogado sobre a cama, está Nathan. Um garrote de elástico está solto debaixo do braço. Uma agulha no chão debaixo do seu cabelo loiro descolorido pendurado. Não há vida em seus olhos vidrados. A boca está aberta em um leve sorriso enquanto uma linha de vômito espumoso percorre a bochecha. Ainda escorre para o chão.

Voltando a si, Corey entra correndo no quarto, apertando dois dedos na base da mandíbula de Nathan.

Nada.

Corey se inclina, colocando uma orelha no peito morno do Nathan.

Sem subida ou descida. Sem som algum.

Limpando a boca com a mão que ele não usou para verificar o pulso de Nathan, ele bufa, pensando em suas opções. O melhor procedimento possível é limpar a maioria das coisas que ele toca todos os dias, como as maçanetas das portas, os balcões, os pratos e os armários, e depois ligar como um cidadão preocupado do prédio. Felizmente para ele, o Sr. Narz, do outro lado do corredor, sempre liga para falar de Nate quando está no trabalho. Ele também não faz ideia de que Corey vive lá.

Depois que tudo foi limpo, ele abre e fecha a porta da frente com um pano, desce as escadas e telefona usando sua melhor voz de velho.

Minutos depois, a chamada chega através do rádio, e Corey a intercepta, esperando alguns minutos antes de voltar para dentro. Uma vez lá dentro, ele usa o rádio para comunicar o código para morte de pessoa drogada.

As unidades e os peritos forenses aparecem, tiram fotografias e recolhem provas do quarto, mas não vão a mais nenhum lado no apartamento. Caso aberto e fechado.

Simples.

Corey, por outro lado, luta para manter a calma. Ele gostava mesmo de Nate, e as condolências risonhas dos seus colegas de serviço aumentam a sua culpa encoberta.

CAPÍTULO SEIS

CHARLOTTE, CAROLINA DO NORTE

Dorine entra no seu apartamento, joga a correspondência no balcão e coloca as chaves na tigela junto à porta. Arrancando os sapatos, ela vai para a cozinha e toma um copo de água. Enquanto bebe a água, um brilho chama-lhe a atenção. Franzindo a testa, ela se move em direção à pilha de correio, espalhando tudo. No meio da pilha está um envelope fino, dourado e brilhante com o seu endereço escrito em letra cursiva, mas sem endereço de retorno. Abrindo-o, ela puxa uma única folha de cartolina pesada com flocos de ouro e relevo em preto. Em uma caligrafia grande e em negrito estão as palavras:

Parabéns, Sortudo Vencedor deste Convite de Ouro!

- Use uma fantasia de sua escolha. Uma que não revele nenhuma parte da sua verdadeira identidade.
- Crie uma personagem em torno desta fantasia. Uma à prova de tolos que ninguém adivinharia ser você, caso lhe conhecessem.
- Atenha-se à personagem, não revelando nada sobre o seu verdadeiro eu, ou então você

perde seus direitos ao jogo, e assim será
mandado para casa.

- Sem substituições. Se não vier com uma
  identificação válida para provar que é você
  mesmo à porta, você perde seus direitos.
- Você deve levar o convite com você, ou você
  perde seus direitos.

*Ao receber o convite, não conte à imprensa, nem a
ninguém.*

*Os detalhes específicos para o seu transporte estão em
anexo.*

Dorine aperta os lábios, virando o cartão para um
verso em branco com marcas de ouro. Ao desvirá-lo, ela
sorri. Pegando o celular, ela manda uma mensagem à
Marci com a boa notícia e depois, com sua ajuda, arranja
o melhor disfarce.

———

SANTA FÉ, NOVO MÉXICO

Brenda senta-se em frente às suas telas, clicando no seu
controle, e abre seu caminho aos tiros em Halo.

Um tilintar vem do outro lado da sala, atingindo o
ouvido sem o fone de ouvido.

Sem querer tirar os olhos do jogo, ela ignora até que
um monte de envelopes começa a cair no chão, na base
da porta da frente. Revirando os olhos, Brenda faz uma
pausa no jogo, batendo com o fone de ouvido no
assento e pisando na pilha espalhada de
correspondência. Dando a volta na enorme pilha, um
envelope dourado chama-lhe a atenção. Os olhos se
arregalam, seu coração dispara enquanto ela o rasga,

puxando o cartão, e lê as palavras e instruções. Saltando no lugar, ela se movimenta parada, olhando para o vazio entre ela e o resto da sala, e depois abandona o jogo para olhar as sugestões de fantasias do Google.

PONTE BREAUX, LOUISIANA

Hugh rola do sofá para o tapete manchado no chão. As garrafas de cerveja batem umas nas outras enquanto ele as acerta, fazendo o melhor para se levantar.

Esfregando a palma da mão nos olhos, murmura para si mesmo: — Aposto que se eu não tivesse perdido o último torneio, estaria agora bebendo Mai Tais no México em vez de cerveja estragada nesta espelunca. — Ele ri, deixando-a transformar-se numa triste risada enquanto passa a mesma mão no rosto. — Aff, Hugh, o que deixou acontecer a você mesmo? —Bufando, ele se obriga a ficar de pé, arrasta os pés pelo tapete e veste uma calça.

Após alguns minutos já desperto, Hugh desce as escadas até à sua caixa de correio. Girando a chave, ele a abre para uma única entrega.

Um envelope dourado.

Com o coração acelerado, ele olha ao redor antes de puxar o cartão e o lê, grunhindo e gemendo. — Tenho mesmo que usar uma fantasia? Resmungando, ele balança a cabeça. — São cem mil dólares, Hugh, pode vestir-se por uma noite. Talvez haja uma garota gostosa lá também. — Sorrindo para si, ele bate a carta contra a mão e corre para cima para se vestir.

Se ele vai se fantasiar, precisa encontrar uma boa fantasia, e o único lugar com computadores gratuitos é a biblioteca.

LAREDO, TEXAS

Jeb come um hambúrguer enorme, pedaços dele caem no prato.

Kik atravessa a sala, batendo a mão na mesa ao lado de Jeb, e dá um enorme sorriso.

Jeb para de comer no meio de uma mordida e ergue uma sobrancelha.

Kik mostra-lhe a mão, revelando o convite. — Conseguiu, cara! Conseguiu! — Ainda sorrindo, ele bate com a palma da mão no ombro de Jeb.

Jeb pousa o hambúrguer, pegando a carta e lendo-a com uma careta. — Diz que tenho de me vestir e criar esta identidade falsa. — Balançando a cabeça, ele a devolve. — Isso não estava na primeira descrição, e eu não uso fantasias. — Mexendo a cabeça outra vez, ele pega o hambúrguer, dando uma dentada enorme.

Kik revira os olhos, colocando o convite de volta sobre a mesa. — Cara, pense só no dinheiro. Pode aturar essa merda por uma noite. — Ele levanta um dedo, inclina-se mais para baixo, e o balança.

Jeb mantém contato visual com ele por vários segundos e depois bufa, revirando os olhos. — Muito bem! — Ele engole. — Mas que seja boa; se eu fizer esta merda, não pode ser meia-boca. — Ele dá de ombros para Kik. — Agora deixe eu terminar de almoçar. — Inclinando-se, ele mastiga com a boca aberta até Kik sair ainda a sorrir.

MIAMI, FLÓRIDA

Ao entrar no trabalho, Miku para na sua caixa de correio no primeiro andar. Pousando a pasta, ela destranca a pequena porta, arrancando a pilha grossa.

Ali, entre os papéis brancos, está o envelope grande e dourado.

Miku olha à sua volta, morde o lábio inferior e retira a carta. Os olhos dela arregalam-se enquanto a lê. Olhando ao redor mais uma vez, ela abre a pasta e a guarda lá dentro.

Mais tarde naquela noite, já em casa, Paulina cumprimenta Miku à porta com um enorme sorriso estampado no rosto. — Você nunca vai adivinhar o que recebi pelo correio hoje! — Ela segura as mãos atrás dela, balançando de animação.

Miku sorri. — Se é algo parecido com o que recebi no trabalho, então talvez saiba exatamente o que tem. — Ela abre a pasta dela. — Mostre no três. — Ela vê Paulina concordar com a cabeça. — Um, dois, três. — Ela arranca a carta da pasta, deixando o couro pesado cair no chão.

Ambas as mulheres seguram cartas idênticas.

Paulina deixa sair um grito, e com a mesma rapidez, se recompõe.

Miku sorri, batendo os sapatos enquanto se aproxima dela, e beija os lábios de Paulina. — Parece que vamos precisar de fantasias e personagens. — Arqueando uma sobrancelha, ela dá-lhe outro beijo.

———

NEWPORT, RHODE ISLAND

Merrien caminha em sua esteira superdimensionada e eletrônica, observando a tela gigante com a qual está conectada via bluetooth do outro lado da sala. A vista da montanha faz com que ela corra por um caminho enquanto se resfria depois do treino.

A campainha toca.

Merrien respira fundo, gritando: — Brunhilda! Abra a porta, sim? — Ela espera por uma resposta.

Nada.

Grunhindo para si mesma, Merrien grita mais alto: — Brunhilda! — Rosnando pela falta de resposta, ela para a máquina, pega uma toalha e vai para a porta da frente com as calças e a camiseta de yoga agarradas à pele.

Na porta, um entregador de correio espera, com embrulho e envelopes na mão.

Merrien abre uma fresta da porta, arqueando uma sobrancelha para o homem, depois percebe como ele é bonito e abre a porta até o fim. — Posso ajudar? — Ela abre o seu melhor sorriso, olhando o seu físico torneado e teso sem vergonha nenhuma.

O carteiro limpa a garganta, dando-lhe uma olhadela rápida. — Eu tenho um pacote para você assinar. — Ele lhe entrega o bloco de assinatura eletrônica com um sorriso rápido.

Durante todo o tempo que assina, Merrien nunca quebra o contato visual ou deixa sumir o sorriso. — Obrigada. — Lambendo os seus lábios, ela solta um suspiro baixo.

O carteiro ri, pega o bloco de volta e o troca pela correspondência. — Tenha um bom dia, minha senhora. — Assentindo, ele se vira para seu automóvel.

Merrien observa a bunda apertada enquanto ele se afasta mais. — Você também! — Afastando-se da porta, ela a fecha atrás de si e folheia a correspondência.

Na quarta passada, o envelope dourado a faz congelar.

Merrien o abre, puxando a carta e a lê. Com os olhos arregalados, um sorriso malicioso se espalha em seu rosto.

———

CIDADE DE NOVA IORQUE, NOVA IORQUE

Tyler senta-se à mesa de jantar e bate a cabeça contra a madeira com os dedos entrelaçados no pescoço. — Eu preciso de uma distração. — Ao levantar-se, ele anda pela cozinha, depois pela sala e depois decide descer as escadas.

Quando está na entrada do prédio de apartamentos, os transeuntes chamam a atenção de Tyler para as caixas de correio do outro lado do caminho. Não faria mal em verificar. Mas não tem como ele ter ganhado. Ao destrancar a caixa de correio, ele abre a pequena porta, ficando petrificado.

Dentro há um envelope dourado brilhante.

Tyler balança a cabeça, expirando as suas palavras. — Não pode ser. — Colocando a mão lá dentro, ele puxa o envelope, abre-o, e puxa a carta. — Isto não pode estar acontecendo. — O seu coração parece um tambor, e a sua boca seca enquanto solta uma gargalhada estridente para si mesmo. — O quê? — Lendo-a, ele limpa a boca, revirando os olhos. — Acho que preciso arranjar uma fantasia, mas o que poderia ser? — Bufando, ele enfia a carta debaixo da camisa, corre para cima e procura como fazer maquiagem de Halloween para iniciantes.

ASPEN, COLORADO

Blake abre a porta do apartamento com um chute, vindo de Itália. Ao deixar a bagagem perto da porta, ele escorrega, agarrando-se ao batente.

Os envelopes deslizam por baixo do seu pé pelo azulejo.

Revirando os olhos, Blake resmunga baixinho: —

Malditos carteiros, eles não podem usar a minha caixa como os entregadores normais? — Resmungando, ele recolhe a correspondência, parando em uma em particular.

O envelope dourado brilha na luz amarela do seu corredor.

Blake traz o envelope ao rosto, examinando-o, mas não há endereço de retorno. Então, ele o abre com um abridor de cartas e puxa a carta para fora.

Ao lê-la, Blake dá uma risada. — Isto vai moleza. Personagens são a minha especialidade. — Rindo ainda mais, ele põe a carta no chão, indo em direção ao seu armário.

———

REDONDO BEACH, CALIFÓRNIA

Corey anda pelo apartamento em silêncio. A memória de Nathan morto na sua cama o assombra. Ele não tem dormido bem. Ao sair para o trabalho, ele para na caixa do correio só para conferir caso alguém não tenha recebido a notícia da morte de Nathan. Ao abrir a porta, ele olha para a única correspondência ali. Puxando o envelope com o nome de Nathan da caixa, ele o vira, rasga o papel e puxa a carta. Lendo-a, ele morde o lábio inferior, combatendo a dor e a culpa. Parando por um momento, ele bate a carta e o envelope contra a mão.

Nate diria a ele para ir. Ele diria que esta é uma grande oportunidade.

Se Nate ainda estivesse aqui, Corey iria apenas para conseguir o dinheiro para ajudá-lo a ficar limpo de vez, mas esse sonho já acabou. Agora o dinheiro seria para um novo começo em outro lugar qualquer. Talvez em alguma cidade mais calma e menor.

Corey coloca a carta no seu casaco de uniforme,

entrando em sua viatura, e para na sua própria caixa postal para garantir. Abrindo-a, ele não encontra nada além de contas e anúncios. Seu estômago revira, mas ele engole a culpa, pegando a carta, e se prepara para planejar uma fantasia à prova de tolos, como ela indica.

CAPÍTULO SETE

NO MEIO DO NADA, MISSISSIPPI

Uma fila de limusines pretas segue em direção ao que parece ser uma casa muito grande com cerca de arame farpado, um caminho de cascalho e muitos pastos gramados. Cada limusine para em uma fila única ao longo das escadas que levam ao alpendre de concreto de uma grande casa branca de três andares, quase toda de tijolos, de aspecto de plantação. Vários arcos estão em frente de janelas gigantes e uma enorme porta frontal preta dupla.

Luzes piscam por dentro.

Os arcos correspondentes das duas varandas superiores guardam mais janelas.

Mais flashes.

Um grito ecoa de dentro para fora.

Cada condutor sai da sua limusine, parando ao lado da porta do passageiro, um de cada vez.

Da primeira limusine, projeta-se um scarpin metálico rosa-choque e uma perna bronzeada. O salto entra no cascalho, fazendo-o estalar. Deslizando pelo banco de trás, sua minissaia combinando brilha em ondas sobre as curvas, enquanto o tecido apertado se agarra a um quarto abaixo dos quadris. De pé, ela puxa para cima seu top branco, balançando seus seios fartos por atrás do seu apelido de Barbie rosa, e ela ri enquanto se maravilha com a casa.

O motorista fecha a porta dela com um clique alto.

Saltando um pouco, Barbie põe os dedos trêmulos no cabelo loiro, atirando-lhe um sorriso rosado e sensual. — Desculpa, eu não estou acostumado com coisas assustadoras — Ao soltar uma gargalhada, ela se vira para a casa e murmura: — Não podia ter escolhido uma casa mais saloia? — Puxando seu casaco cor-de-rosa pelos ombros, cada passo dela treme e vacila enquanto se caminha em direção à varanda.

Da segunda limusina emerge um sapato preto que pressiona o cascalho, movendo-se para frente e para trás enquanto o resto dele o segue. De pé, ele ajusta a gravata, endireita a lapela do smoking e olha à sua volta.

Barbie solta um gritinho, sorrindo para ele. — Está sexy, Sr. Homem- Esqueleto. — Ela o olha de cima a baixo, lambendo a borda do lábio superior dela.

O Sr. Homem-Esqueleto sorri debaixo da sua maquiagem preta e branca espessa e levanta uma sobrancelha em direção a ela. — E você está deliciosa, Barbie. — Inclinando-se um pouco, os olhos dele seguem desde as pernas tonificadas dela, bunda firme, barriga e seios expostos e bronzeados até os ombros nus dela.

Barbie morde a língua, dando uma risada rápida, e depois olha para a limusine seguinte, fazendo com que a atenção dele se volte para lá.

Da terceira limusine se estende um salto baixo verde escuro junto a uma perna coberta verde brilhante que conduz a um body de folhas. A fantasia curva-se e agarra-se a um corpo bastante curvilíneo. O cabelo vermelho cobre os ombros pálidos, misturando-se com as vinhas que envolvem os braços esguios até às unhas verdes. Uma máscara de videiras rodeia os olhos com sombra alaranjada e rosa e segue até seu cabelo.

O Sr. Homem-Esqueleto deixa sair um assovio. — Raios, Hera! — Ele vira-se um pouco, dizendo à Barbie. — Acredito que tem concorrência. — Rindo, ele pisca o olho, voltando-se para ela, passando uma mão pelo cabelo escuro e grosso.

Ivy dá uma risada, estendendo as mãos, e abre um grande sorriso de lábios vermelhos. — Ora, obrigada, mas já tenho acompanhante. — Virando-se, ela estende a mão.

Outra mão com luvas pretas segura a dela, e curvas um pouco menores emergem num belo embrulho de couro preto brilhante do pescoço aos dedos dos pés. Os calcanhares dela afundam no cascalho. Um zíper prateado brilhante aberto até o meio da barriga. Levando a mão até a máscara preta, ela ajusta as orelhas do gato, sacudindo seu cabelo preto.

O Homem-Esqueleto assovia de novo. — Eu sempre soube que havia algo entre a Hera e a Selina. Hum, hum, hum... — Balançando a cabeça, ele vira-se para Barbie.

Barbie desloca o seu peso sobre as pedras, esmagando-as, e olha para suas unhas.

Selina deixa cair seu chicote, mostrando-lhe as garras com um assobio brincalhão. — E não venha com nenhuma ideia sobre um ménage à trois, senhor... — Afastando-se do carro, ela gira a mão no ar.

O Homem-Esqueleto vira-se sobre os calcanhares, apontando para trás. — Ah, a outra senhora encantadora chamou-me de Sr. Homem-Esqueleto, e eu gosto disso. — Voltando para trás, ele sorri, pondo uma mão no peito.

Nesse momento, a porta da quarta limusine se abre, e uma enorme bota preta bate no cascalho, empurrando as pedras para o lado. Uma grande mão vermelha agarra a borda superior da porta, segurando-a firmemente, e a limusine range à medida que o seu peso se desloca. A parte seguinte a emergir é o cabelo preto liso, chifres vermelhos cortados e lixados, e um charuto aceso que sai de um sorriso vermelho. Dando alguns passos à frente, ele coloca um punho de pedra gigante no ombro do motorista com um grunhido e ajusta seu casaco cáqui.

Os olhos da Barbie arregalam-se e ela grita, mordendo o lábio inferior.

Selina bate o chicote no pé dele, deixando-o estalar alto, e todos saltam. — Boa escolha, Red, mas DC é melhor. — Ao sorrir, ela pisca o olho, enrola o chicote e coloca-o na cintura.

Red ri, tirando o charuto dos dentes. — Obrigado, querida, mas assim como os meus editores, eu prefiro os azarões. — Movendo-se em direção a eles, a cauda desliza e salta sobre as rochas, fazendo-as rolar.

Todos riem e sorriem até que a próxima porta se abre, e todos se viram para o carro.

Um sapato vermelho brilhante acerta as pedras com o surgindo logo atrás. Saltando do carro, um borrão amarelo, vermelho e branco rodopia em frente em uma valsa até que tudo pare, apontando um dedo para Hera. De pé, ele passa uma mão branca pelos longos e espessos cabelos vermelhos, dando-lhe um sorriso através da maquiagem vermelha borrada. Piscando por trás da sombra preta manchada, ele estende a mão e se curva para ela. A manga listrada de riscas vermelhas e brancas sobe um pouco pelos braços, revelando a coronha de uma faca.

Todos se afastam uns passos para trás, deixando escapar ganidos abafados.

Red se endireita, expande o peito enorme, e aponta um dedo firme para ele. — Ei, McJoker, pare com isso, seu idiota assustador. — Dando um passo em direção a ele, ele cerra os punhos, olhando-o.

McJoker se endireita, inclinando-se um pouco para trás, e estende as mãos para ambos os lados enquanto solta uma gargalhada estridente. — Eu adoraria, grandalhão, mas sabe, o problema é que... — Ele faz uma pausa, cada um deles por uma fração de segundo. — Eu não quero! — Fazendo outra dança, ele salta e solta gargalhadas excêntricas.

Red dá mais alguns passos, agarra a garganta de McJoker e o levanta no ar enquanto Barbie deixa sair um guincho. — Você está assustando as senhoras, cara. Pare com isso, caralho. — Piscando, ele o deixa cair no cascalho.

McJoker tosse, segurando uma gargalhada e põe-se de pé. — Tudo bem, eu só estava seguindo as regras. — Passando a ponta da língua pela beira dos dentes, alisa o cabelo para trás e ajusta o colete amarelo.

Selina sorri, roncando. — Boa, Red. — Rindo ainda mais, ela faz todos olharem para Barbie.

A porta do próximo carro se abre, e todos eles se viram.

Um par de botas marrons se projeta para fora, um par de mãos agarrando a borda superior do batente da porta e um homem de pele negra salta para fora, pisando com força sobre o cascalho. Seus shorts cáqui curtos apertam suas coxas, bunda e virilha, subindo enquanto anda. Agarrando o colarinho do seu casaco de policial estadual marrom escuro, ele o atira para a frente, deixando os dedos se abrirem em direção a todos eles.

As garotas riem, sorrindo para ele, e os rapazes grunhem enquanto reviram os olhos e balançam a cabeça.

Ajustando seus óculos de sol de aviador, ele acaricia seu bigode preto e depois olha para Barbie. — Ora, olá, Sra. Boneca. — Abrindo um sorriso branco e brilhante, ele joga-lhe um beijo.

Barbie sorri. — Desculpe, querido, não gosto de caras que ficam melhor de shorts que eu. — Rindo, ela muda o peso de um pé para outro com as mãos nas cinturas. — E eu acho que é assim que vou te chamar.

Sr. Bundudo de Short. — Remexendo-se algumas vezes, ela bate no cabelo, passando a língua ao longo da boca.

O Sr. Bundudo coloca as mãos nos quadris, revezando o apoio nos pés. — Bem, minha senhora, já me chamaram de coisa muito pior. — Soltando um riso exagerado, ele se vira para os outros.

A próxima porta se abre, chamando a atenção de todos.

Uma pequena cyborg prateada metálica brilhante com travas pontiagudas em cada parte do corpo, cabelo louro platinado curto em duas tranças curtas onduladas e uma máscara facial prateada que pararia o coração de qualquer homem. Movendo-se em direção a eles, as engrenagens em suas articulações se silvam e zunem como se ela fosse realmente feita de peças mecânicas.

McJoker bate com as costas da mão no peito de Red, encarando-o, e dirige-se a ela. — Ora, ora, ora... O que temos aqui. Uma pequena e fofa Roboneca. — Gargalhando, ele se aproxima dela, passando a parte de trás dos dedos sobre a bochecha dela.

Puxando o punho para trás, Roboneca lhe acerta um murro no estômago, inclinando a cabeça quando ele atinge o chão, e sorri, falando com uma voz alterada. — Nos seus sonhos, homem do mclanche feliz. — Passando por cima do homem em posição fetal, ela se aproxima dos outros.

McJoker atira a cabeça para trás, o cabelo ruivo esticado, e ri. — Ah, querida, quase tão boa quanto a minha pequena Harley lá em casa. — Rindo mais alto, ele põe-se de pé.

Outra porta se abre.

Dali surgem sapatos preto desbotados, calça social de tweed cinza, colete xadrez marrom e uma camisa azul com as mangas arregaçadas. Ele ajeita um gorro de golfe cinza, ajustando sua arma e coldre, e afrouxa um pouco a gravata preta.

Todos o olham fixamente.

Acariciando a sua fina barba preta, ele olha para todos e acena com a cabeça. — Boa noite, cavalheiros, senhoras. — Agarrando a borda do chapéu dele, ele cumprimenta a cada senhora. — Então, qual é o rebuliço, galera? — Estendendo as mãos, ele dá uns passos na direção de todas elas.

Hera ri, olhando para ele. — Você é o quê? Algum tipo de policial? — Cruzando os braços, ela sorri com sarcasmo.

O Sr. Esqueleto ri, concordando com a cabeça. — Sim, ele é... Casablanca. — Rindo novamente, ele dá palmadinhas no ombro de Casablanca. — Essa arma é verdadeira? — Encarando-o, ele toma o silêncio como um não e leva-o em direção à casa.

Casablanca o segue, olhando para Barbie por muito tempo.

Barbie morde o lábio inferior, retribuindo o olhar dele pela mesma quantidade de tempo, ou até mais.

A próxima limusine abre.

Para fora desliza uma mulher de pele clara coberta de sujeira, as botas marrons triturando o cascalho enquanto ela se dirige ao grupo. Atirando uma longa trança preta por cima do ombro, ela coloca as mãos sem luvas nas cinturas, raspando as unhas sobre o cinto de couro, preso ao redor dos seus shorts cáqui apertados. A correia do cinto pressiona as coxas flexionadas enquanto ela se move. Coçando a clavícula, os dedos dela passam sobre a camiseta encardida debaixo de coldres pretos vazios.

Virando-se rapidamente, o Sr. Esqueleto se move entre Red e McJoker, colocando os braços em volta dos ombros deles. — Raios, se mais uma garota gostosa sair de uma limusine, talvez eu tenha que atirar uma moeda no ar para ver quem eu vou comer primeiro. Mas tenho que dizer, a Sra. Croft tem uma boa chance de início. Ou será que eu iria querer ela por último? — Estalando os lábios, ele ri com os dois, dando tapinha em seus ombros.

Lara sorri, manchas pretas se estendendo, caminha até ele, agarra-o pelo queixo e o aperta com força. — Se o seu pinto chegar perto de mim, vai perdê-lo mais rápido do que me dar um beijo de despedida. — Ela dá um tapinha em sua bochecha, manda um beijo e vai em direção à Hera e Selina.

O Sr. Esqueleto grunhe, cospe no chão, e ajeita o terno. — Puta. — Passando a língua pelos lábios, ele se afasta dela.

A porta da última limusine se abre, e todos ficam parados e quietos.

Uma bota preta na altura de joelhos se projeta para fora e bate nas pedras. Uma figura alta e bronzeada com uma calça listrada marrom e vermelha e uma camisa branca franzida sai dali. Cabelo preto comprido debaixo de um lenço vermelho amarrado firmemente em volta da cabeça. Um chapéu preto grande com um crânio e ossos cruzados em cima, sombreando um tapa-olho de couro preto. Com o olho destampado e esfumaçado de preto, ele os olha antes de se virar com uma mão estendida.

Uma mão esguia e pálida encontra a dele, agarrando-a bem, e um par de pernas pálidas balança para fora da porta. Os pés descalços batem no cascalho. Escamas azuis cintilantes e ossos brancos brilhantes brilham através dos pedaços de pele que lhe faltam nas pernas, levando a uma saia arrastão. Conchas do mar estão penduradas na saia, circundando os quadris, e duas conchas grandes cobrem os grandes seios pálidos. As guelras sobressaem do pescoço, com mais escamas e ossos brilhando nos ombros e braços. Olhos amarelos penetrantes se movem em direção a todos, e ela sorri com presas brancas brilhantes para eles.

A boca da Barbie se abre. — Ok, a Pequena Sereia e o seu Pirata Eric são as melhores fantasias de longe. —

Abanando a mão no ar, ela zomba, balançando a cabeça para eles.

A Pequena Sereia dá uma risada. — Você é uma fofa, Barbie, mas do meu ponto de vista, estamos todos muito bem-vestidos.

Quando cada um deles chega ao degrau superior do alpendre, um mordomo animatrônico os cumprimenta, pedindo identificação e convite. Quando colocam as cartas de motorista e o convite na bandeja, ele os queima até virarem cinzas.

Todos os doze.

Ao entrar na casa, todos olham ao redor, maravilhados com as decorações nojentas e fantásticas. A luz estroboscópica dá a tudo à sua volta uma sensação de agitação e desarranjo, como se cada momento precisasse de tranquilidade. Sons arrepiantes vêm de todas as direções. Mãos animatrônicas se estendem, agarrando diferentes partes deles, fazendo-os gritar e pular em diferentes intervalos.

O Sr. Esqueleto ri. — Isto é tudo? Isto é fraco! — Ele solta uma risada estridente.

Barbie bate com as costas da mão no braço dele. — Para com isso, Esqueleto, não sabe que isso é como dizer que não pode ficar pior? — Ela olha para ele com olhos azuis brilhantes sombreados. — Vai nos dar azar. — Ao ranger os dentes, ela solta um guincho agudo.

O Sr. Esqueleto ri, colocando um braço em volta da cintura dela. — Pode sempre se agarrar em mim, doce Barbs. — Piscando, ele dá um beliscão em sua bunda, fazendo-a saltar.

Barbie bate ainda mais com as mãos nele.

Esqueleto finge se defender, levantando um cotovelo, e ri.

Ao dobrar a esquina à sua direita, eles entram numa sala cheia de neblina. Na nuvem branca, eles se perderam de vista por um momento, chamando e balançando as mãos pelo ar na esperança de encontrar alguém. Seguindo o eco dos passos, cada um deles encontrou uma porta preta, passando por ela e entrando numa espécie de sala de jantar.

Cogumelos altos e grandes. Lâminas maciças de gramas. Borboletas gigantescas penduradas no alto ou sentadas sobre os cogumelos. Uma enorme lagarta, está deitada no topo do maior cogumelo do outro lado da sala. Os seus olhos se movem para trás e para a frente, como se estivessem observando cada movimento.

Tudo está coberto com glitter e cores fluorescentes brilhantes pintadas sobre preto com grandes luminárias de luzes negras que enchem a sala com um brilho roxo azulado. Percebendo as mudanças de cor das suas fantasias, eles então voltam a sua atenção para a sala caprichosamente decorada.

Esquele move-se em direção à longa mesa de jantar coberta com uma grossa toalha de mesa branca, flores sinuosas, xícaras de chá em abundância e louça de jantar de aparência cara. Pegando uma placa de nome dourada, ele ri.

Os outros vão na direção dele.

Voltando-se a eles, Esquele segura-o. — Sereia Zumbi? — Ele olha ao redor para eles. — Pergunto-me quem poderá ser? — Arqueando uma sobrancelha, ele olha para cada um deles e sorri.

A Pequena Sereia dá um passo à frente, agarra a placa com um sorriso e a coloca na mesa com força, tomando o seu lugar. — Aparentemente, temos lugares designados. — Ela dá de ombros, entrelaça os dedos e descansa os cotovelos sobre a mesa. — Sugiro que encontre o seu. — Olhando para ele, ela inclina-se para trás na cadeira, cruzando os braços.

Os outros riem e dão gargalhadas, dispersando-se, e encontram as suas placas de identificação.

Esquele dá uma risada, murmurando com um sorriso: — puta arrogante. Ao encontrar a placa com o nome dele, ele acaba se sentando à sua frente. — Quem é o dono disso? E por que é que eles são tão extravagantes a ponto de usar cartões folheados a ouro? — Segurando a placa com o nome dele, ele pisca o olho à Pequena Sereia mandando-lhe um beijo rápido.

A Pequena Sereia revira os olhos, bufando, e olhando para a direita passa a língua nos dentes.

Esquele revira os olhos para ela, estendendo a mão à frente. — Até os copos têm placas. — Ele pega um. — "Beba-me"? — Bufando, ele ri, colocando a placa de volta na mesa.

Lara olha em volta, segurando sua placa de identificação entre os dedos. — O que eu quero saber é como eles sabiam qual nomes escolheríamos. — Ela troca olhares com Selina e Red. — Eu nunca preenchi um questionário personalizado. — Dando de ombros, ela abaixa a placa com seu nome.

Os olhos dos outros se arregalam. Eles concordam com a cabeça e murmuram sobre a mesa.

Barbie bate com as unhas cor-de-rosa no queixo. — Isso é assustador. — Fazendo uma careta, ela se joga para trás no assento, cruzando os braços, e puxa a blusa um pouco para baixo.

Os rapazes mexem-se em seus lugares, de olho nela, e sorriem para si mesmos.

Todos exceto Casablanca, que esfrega a ponta dos dedos na boca, olhando ao redor da sala.

Naquele momento, um rangido e um grito vem de longe.

Barbie solta um guincho, vasculhando a sala, e os outros saltam, afastando-se da mesa em seus lugares.

Casablanca agarra a mesa, procurando no neon por uma placa de saída.

Um quadrado preto desce sobre a cabeceira da mesa, ligando-se e emitindo um ruído branco estático, e depois aparece na tela uma versão simulada do fantoche Billy.

Todos soltam gargalhadas suspirantes, relaxando um pouco, e encaram a televisão.

Casablanca solta a borda da mesa, mas continua preparado para correr.

O pequeno boneco abre e fecha a boca, deixando sair uma voz obviamente mascarada e distorcida. — Boa noite. — Faz uma pausa, virando a cabeça para trás e para a frente como se estivesse olhando para eles. — Esta noite é especial. Vocês doze foram especialmente selecionados para participar da primeira competição noturna da Sykes Manor. As regras são simples. Atenham-se aos personagens sem desvios. Fiquem dentro da casa ou perderão o direito de participar. E quem vir a luz do sol de amanhã ganha. Desfrute do seu último jantar e da sua sobremesa. — Ele faz uma pausa, olhando para eles mais uma vez. — Boa sorte. — Deixar sair uma gargalhada maníaca, balança-se um pouco, e depois a televisão desliga, subindo até ao teto outra vez.

Todos se voltam uns para os outros, olhos bem abertos, sobrancelhas arqueadas e bocas abertas.

Barbie e Hera mexem-se nos seus assentos como se não conseguissem ficar confortáveis novamente.

Red bate com as mãos na mesa, fazendo tudo tremer, tilintar e chacoalhar. — Bem, o boneco de TV disse para comermos, e eu estou esfomeado. — Ele olha ao redor, esticando o pescoço. — Onde está a comida? — Fumando um pouco, ele expira fumaça pelo nariz.

Naquele momento, um clique, um estalido e um zumbido enchem a sala. Em um canto, uma cortina preta se abre, e uma fila de bandejas segue um caminho ao longo de uma pista até eles. A prataria brilha roxa e azul à medida que as bandejas se movimentam até à mesa, parando entre cada assento à sua esquerda.

Na frente de cada conjunto de pratos cobertos está um cartão com as palavras "Coma-me e aproveite" abaixo dos seus nomes.

Num silêncio cheio de tilintar, cada um deles pega

seu prato, retirando as tampas das bandejas, e o coloca sobre a louça do jantar.

Red olha para uma tigela cheia de chilli e dá uma risada. — Estas pessoas pensaram em tudo. Maldição. Até sabiam da minha refeição preferida. — Sorrindo, ele começa a comer, enfiando a colher na boca.

Os outros olham à volta para as refeições variadas e especificamente preparadas para cada pessoa. Observando Red devorar seu chilli, todos eles cutucam e espetam sua comida até que cada um deles dê aquela primeira mordida hesitante.

Casablanca é o mais hesitante. — Vocês não acham isto um pouco esquisito? — Ele encosta os pulsos na mesa, encarando cada um deles. — É quase como se eles soubessem exatamente como íamos nos vestir. E eles fazem comida específicas para nós? — Ele meneia a cabeça, empurrando o prato para a frente. — É um pouco suspeito para mim. — Ao cruzar os braços, ele tem de ajustar os coldres.

A Pequena Sereia ri, trazendo o garfo à boca. — Talvez eles tenham nos espiado para aumentar o fator de estranhamento. — Rindo, ela mexe as sobrancelhas, colocando o garfo na boca com outra risada, e fala com a boca cheia. — Ora, vamos. Estou brincando. — Engolindo, ela apoia o queixo na mão. — Acha mesmo que eles iriam ter tanto trabalho? Caramba. — Franzindo as sobrancelhas, ela se inclina para trás, bebendo a água de seu copo.

Barbie dá uma risadinha. — Parece bastante improvável quando você fala dessa maneira. — Ao balançar a cabeça, ela põe uma garfada de frango na boca.

Casablanca olha para as duas, dando um sorriso fraco, e remexe-se no lugar. — Sim, improvável. — Calado, ele olha o seu prato de tahine com um pequeno grunhido.

Os demais comem e conversam até seus pratos estarem quase limpos.

Depois de vários minutos sem comer, um sinal sonoro toca através da sala.

Todos param de falar, olhando ao redor da sala de novo.

Uma placa de neon, pintada à mão, brilha do outro lado da sala perto de outra cortina preta.

Hera deixa sair as palavras dela numa só respiração. — Sala de Chocolate. — Lambendo os lábios, ela vira-se para todos. — A sobremesa foi servida. — Sorrindo, ela dá de ombros, pegando a mão da Selina.

Levantando-se dos seus assentos, todos eles passam pela cortina.

CAPÍTULO OITO

Puxando a cortina para trás, eles passam dois de cada vez.

O aroma avassalador do açúcar e dos doces os cumprimenta.

Velas brilham, espalhadas pela sala em grandes aglomerados que derretem.

Luzes piscam.

Trovões ressoam.

Aves grasnam, batem as asas, e movem-se de galhos pretos e drapeados acima.

Barbie olha para cima, apertando o lábio. — Se eu ficar suja de merda, vou ficar puta. — Ela olha para o teto, passando as mãos por cima da saia e das coxas.

Um cacarejo vem da esquerda deles, e Barbie salta, colocando uma mão no peito. Soltando um suspiro, ela chuta as cabeças de abóbora brilhantes que rodeiam o arco sob o qual ela está. Os talos de trigo balançam e farfalham devido à pressão e ao vento que ela cria.

O Sr. Esqueleto se aproxima, falando baixo no ouvido dela. — Não se preocupe, Barbs, eu te mantenho a salvo. — Rindo pelo nariz, a respiração dele move o cabelo dela enquanto ele se inclina para beijar o pescoço dela.

Barbie põe as unhas perfeitamente feitas na testa

dele, separando-o, e zomba. — Até parece, seu saco de ossos frágeis. — Tirando os dedos, ela lhe dá um sorriso muito sarcástico e se afasta.

Selina e Hera passam, e Selina dá palmadinhas no ombro do homem esqueleto.

Esqueleto rosna, ajustando sua lapela, e dá tapinhas no smoking, se encolhendo.

Todos se maravilham com a enorme cachoeira do outro lado da sala, que leva a um amplo rio que corre ao longo da sala em direção a um arco enegrecido. Os respingos enchem a sala, zumbindo sobre o resto dos sons ao redor deles.

Pequenas torres de abóboras de halloween e videiras de abóbora rodopiam em lugares, brilhando em tons amarelos e laranjas. As videiras no chão se contorcem e retorcem sobre a relva morta.

Árvores pretas retorcidas e espiraladas os alcançam, como se estivessem entregando-lhes doces deliciosos.

Pequenos arbustos de caules espinhosos pretos oferecem cabeças comestíveis de rosas vermelhas, pretas e brancas.

Um aglomerado de rochas com sorrisos brancos brilhantes cerca uma torre de abóboras com pequenos bolinhos apoiados numa mesa no meio.

Pirulitos pretos, vermelhos e brancos estão espalhados pela sala.

Hera se aproxima de uma árvore, puxando algo pequeno, redondo, achatado e marrom do galho, mordendo-o, e seus olhos reviram enquanto as suas pálpebras tremem. — Huuuum, é chocolate! — Ela vira-se bruscamente para todos. — É uma tortinha de chocolate amargo. Também tem algo picante. — De olhos abertos, ela dá mordida após mordida até que não haja mais do que chocolate derretido na ponta dos dedos deslizando entre os lábios vermelhos.

Todos sorriem, aproximando-se das árvores, e pegam seus próprios doces deliciosos.

Mastigando um alcaçuz vermelho, Barbie move-se em direção aos bolos perto das rochas sorridentes e inclina-se em direção à mesa.

Um após outro, os dentes tagarelam, fazendo as rochas balançarem, e todas elas soltam risos agudos num coro de risadas arrepiantes.

Barbie salta para trás, colocando as unhas nos dentes, e guincha. — Ah, que inferno! — Tropeçando para atrás, ela esbarra em Casablanca.

Casablanca estende as mãos, agarrando os cotovelos dela, e mostra um sorriso enquanto ele a endireita. — Está tudo bem, elas não mordem. — Aponta para eles, mexendo o dedo. — Vê, elas têm um sensor de movimento. — Quando a última palavra lhe escapa dos lábios, elas param, e ele acena com a mão à frente de uma, fazendo-as recomeçar.

Barbie ri, agarra um bolinho da mesa e o segura em frente ao seu rosto sorridente. — Ora, olha quem é o detetive. — Segurando o seu sorriso, ela passa um dedo pela cobertura, lambendo-a com um ligeiro gemido.

Os olhos de Casablanca se arregalam, e ele engole em seco, soltando uma risada ofegante enquanto olha para o chão. — Sem problemas. — Batendo com os dedos nos lábios, ele observa-a dar uma piscadinha e lamber a cobertura diretamente do bolo.

Barbie sorri, deslizando a mão sobre o ombro dele enquanto se move para um lugar diferente, atirando o bolinho no chão.

Casablanca esfrega a parte de trás do pescoço, passando a ponta do sapato sobre a relva morta, e ri para si mesmo, vendo-a afastar-se.

Do outro lado, Red devora vários pedaços de tortas de chocolate.

Hera se junta a ele em uma árvore, tirando suas próprias tortas, enquanto segura alguns bolinhos também.

Os dois comem o recheio, rindo e tropeçando.

Os outros andam de um lado para o outro, degustando alguns doces, a maioria olhando para o rio de aspecto castanho escuro.

Casablanca passa por um canto e uma mão agarra seu ombro, puxando-o para trás enquanto ele solta um leve grito, até que uma mão cobre sua boca, e uma risadinha chega a seu ouvido.

Esqueleto observa-o tropeçar para trás no canto. Olhando ao redor, e percebendo que ninguém está observando, ele se move na direção deles, mantendo uma distância, enquanto mastiga um alcaçuz vermelho.

Ao se virar, Casablanca fica cara a cara com uma Barbie sorridente. Dando risada, ela o puxa ainda mais para o canto, envolvendo seus braços ao redor do pescoço dele, e dá um beijo forte nos lábios dele. Erguendo as sobrancelhas com um leve grunhido, ele a direciona à parede, com as mãos no alto das costas.

Barbie solta uma leve risada enquanto se choca contra a parede e move os dedos da barba até o peito dele, agarrando as alças do coldre e puxando-o para mais perto dela.

Esqueleto fica atrás de uma divisória, espreitando através de um buraco, e observa os dois.

Casablanca pressiona o corpo dela, beijando ao longo do maxilar e pescoço dela, e desliza os dedos sob a borda do top dela.

Sem sutiã.

Do outro lado da sala, Hera e Selina trocam dedos cheios de chantilly e merengue.

Selina olha ao redor e vê todos preocupados com os seus doces. Colocando as mãos sobre os ombros de Hera, ela anda de costas para um canto diferente.

Hera abre a boca em protesto, mas antes que uma palavra escape, os lábios de Selina estão sobre os dela. Soltando um pequeno guincho, ela se inclina, deslizando seus dedos pelas costas de Selina, e agarra seu traseiro, fazendo-a ficar na ponta dos pés.

Selina ri, tira as luvas e massageia o peito de Hera. Com a outra mão entre as pernas, ela move alguns dedos para frente e para trás sob o fecho do seu traje. Ela sorri para os gemidos leves de Hera, passando um dedo além da meia-calça sem calcinha por baixo e para dentro dela, lambendo seu pescoço.

Hera deixa sair um gemido alto, mordendo o lábio inferior, numa tentativa de se calar, apesar do barulho de fundo estrondoso. Abrindo o zíper da roupa de Selina, ela puxa o traje para o lado, segurando e massageando seus seios. Abrindo o zíper até o fim, ela olha ao redor em busca de espiões. Como todos estão ocupados, ela as vira, tirando as decorações de um pilar baixo, e coloca Selina sobre ele.

No meio da sala, o Bundudo caminha até a beira da margem, espreitando o rio. — Ei, pessoal! — Ele se vira para os concorrentes. — Vocês não acham que tem alguma coisa de errado com este rio? — Colocando uma mão na cintura, ele aponta um polegar sobre o ombro em direção ao líquido escuro agitado.

Os outros olham para ele, mas ficam onde estão.

Bundudo volta-se para o rio, murmurando para si mesmo. — Esquisito. É chocolate? Vinho? Está mesmo escuro pra caralho. — Ele se abaixa, mas Red passa por ele, rindo um pouco demais para um cara do tamanho dele.

Do outro lado da sala, Casablanca abaixou o top da Barbie e subiu sua saia até a cintura. As calças dele estão penduradas nas coxas, e ele segura uma das pernas dela, empurrando e grunhindo.

Barbie luta contra a vontade de deixar sair gemidos em voz alta, respirando fundo e deixando a boca aberta. Mordendo o lábio inferior, ela deixa sair um leve gemido estridente. Agarrando o cabelo dele, ela empurra a cabeça dele para baixo.

Esqueleto se acaricia, mantendo-se atento aos outros

enquanto observa os dois, e dá uma dentada no seu alcaçuz.

Ao soltar um grunhido obrigatório, Casablanca põe as pernas dela em seus ombros, levantando-a, e a lambe até ela soltar um grito e apertar a cabeça dele com suas coxas. Inclinando-se para trás, ele tira as pernas de seus ombros, virando-a. Abrindo as pernas dela, ele se esfrega nela por um segundo, antes de se empurrar para dentro de novo.

Barbie abafa um gemido, agarrando-se à parede à sua frente.

Esqueleto observa como os seios dela pressionam-se contra a escuridão da parede, pele bronzeada e rosa-choque fazendo-a se destacar, e ele se masturba com mais força, dando outra dentada no seu alcaçuz vermelho.

No meio da sala, Red tropeça mais.

Os outros o observam, arqueiam as sobrancelhas e balançam a cabeça.

Red se aproxima da beira da margem, e Bundudo agarra seus ombros, deixando-o o mais reto possível. — O que se passa aqui, amigo? Você está bem? — Ele procura seu rosto, dando alguns passos à frente, e faz o possível para afastar Red da margem.

Os outros seguem seu caminho, murmurando para si mesmos.

Do outro lado da sala, a língua da Hera move-se sobre a Selina, mergulhando para dentro e para fora, e passa sobre o seu clitóris num frenesi.

Selina geme, cobrindo a boca, e agarra o pilar, cavando as unhas dentro dele. Puxando o queixo de Hera para cima, ela sorri, deslizando do pilar, e coloca Hera sentada. Desabotoando seu traje, Selina desliza por cima dela devagar, passando a língua sobre seu clitóris.

Hera deixa escapar um gemido curto e baixo, observando cada movimento, iluminando a cabeça.

Ao alcançar seu cinto, Selina o desabotoa, deixando seu chicote ficar solto. Ao virá-lo, ela entrega o cabo à Hera.

Sorrindo, Hera acena com a cabeça, lambendo os lábios, e agarra a mão de Selina sobre o cabo enquanto ela continua a lamber seu clitóris. Levantando o cabo do chicote, ela o pressiona em seus lábios vermelhos, esfregando-os.

Selina lambe com mais força, e Hera abre a boca, colocando a língua para fora, e a passa sobre o silicone preto até ficar tão molhado quanto ela está.

Ao abaixar o cabo, Selina o esfrega em Hera, passando-o ao longo do clitóris, e depois empurra-o para dentro dela.

Para dentro e para fora.

Para dentro e para fora.

Para dentro e para fora, ganhando velocidade e potência.

Sua língua a friccionando o clitóris sem parar.

Hera estremece, sufocando um gemido no meio do caminho, e arqueia as costas, agarrando o pilar com tanta força que uma de suas unhas verdes falsas saltam. Estremecendo um pouco mais, ela solta um gritinho curto, tensionando todo o seu corpo, e um fluxo branco sai dela, cobrindo os lábios e o queixo de Selina.

Selina solta gargalhadas, lambendo-se.

Hera estremece mais algumas vezes, relaxando no pilar, e a cabeça dela flutua.

Red tira as mãos do Bundudo dos seus ombros, tropeçando alguns passos, e balbucia suas palavras. — Xira suas mãos ge mim, eu queru nadá. — Rindo de novo, ele dá alguns passos em direção ao rio.

Lara e o Pirata Eric agarram seus ombros por trás, fazendo o melhor para mantê-lo na costa.

McJoker junta-se a eles, empurrando seu peito junto com o Bundudo.

No outro canto, Casablanca massageia o peito da

Barbie, dando um último golpe profundo antes de grunhir enquanto ele estremece algumas vezes, e Barbie deixa escapar um gemido alto.

O Sr. Esqueleto goza numa cortina preta próxima, limpa-se com ela, e dá a última dentada do seu alcaçuz vermelho, caminhando em direção aos outros enquanto se ajeita.

Saindo de trás da divisória, Barbie ajusta a saia e o top, tentando arrumar o cabelo. Limpando a garganta e boca, ela olha ao redor da sala.

Casablanca sai do canto, segurando o chapéu, e prende a camisa dentro da calça. Ao colocar o chapéu sobre a cabeça, ele passa a mão por cima da boca, estalando a língua contra o céu da boca com um sorriso. Ao levantar a cabeça, ele nota a agitação à beira do rio e dá uma corridinha até eles.

Selina e Hera aparecem pouco tempo depois, e Selina volta a pôr uma luva, olhando para a esquerda.

Hera balança um pouco, colocando os dedos nos lábios. — Acho que não devia ter comido tantas tortas. — As bochechas dela incham, e ela segura o vômito.

Selina vira-se para ela, colocando uma mão em seu ombro, e abre a boca para falar, mas uma comoção surge com Red.

Red agita o braço, empurrando todos para o lado. — Xira as mãos ge mim! iá dis, quero nadá! — Com passos cambaleantes, ele vai até à margem.

Casablanca chega até eles, estendendo uma mão, e agarra o cinto do casacão de Red.

Red tropeça, a bota desliza sobre a borda da margem, e ele se vira parcialmente.

Casablanca puxa no cinto, levantando o casaco na sua direção, e a fivela prende na alça direita.

Red vira-se por completo, puxando o cinto da mão de Casablanca, e cai para trás com os braços estendidos e um leve grito.

CAPÍTULO NOVE

Todos gritam e berram, estendendo as mãos, limpando o rosto ou cobrindo a boca.

Casablanca põe as mãos na cabeça.

Red cai com força no rio, borrifando os que estão à beira da margem, e afunda abaixo das bolhas e das ondas.

Casablanca, Bundudo e McJoker afastam-se dos respingos, mas não conseguem escapar, os lados e as costas ficam encharcados.

Selina acaricia Hera, mexendo em seu cabelo, e a vê lutar contra o vômito.

Cobrindo a boca, Hera corre para o rio e vomita.

Todos os outros observam as bolhas onde Red caiu.

Ele não vai voltar.

Casablanca olha as manchas deixadas na manga e no antebraço, murmurando: — O que é isto? — Virando o braço, ele leva-o ao nariz. — Isso é...? — Os olhos dele se arregalam, e ele cai de joelhos na beira da margem.

Outra rodada de respingos enche a sala.

Selina grita, caindo na beirada com a mão no líquido. — Não! Paulina! — Deitada de barriga para baixo, ela bate com as mãos, respingando e buscando por Paulina.

Casablanca vira-se para Selina. — É sangue! É um maldito rio de sangue! — Olhando os outros, ele mergulha a mão no sangue, tateando ao redor.

Roboneca dá passos na direção dele, a voz falsa tremendo. — Como assim, é sangue? E por que é que o Red não voltou? — Ela aponta um dedo tremendo em direção à relva morta aos seus pés.

Casablanca ignora-a, fazendo o seu melhor para procurar com as mãos através do vinho tinto agitado que tem à sua frente.

Selina continua a sua busca, espalhando sangue por toda parte. — Paulina! Não pode fazer isso comigo! Não pode me deixar! — Ela se aproxima, mergulhando as mãos mais fundo na gosma vermelha em movimento.

McJoker vai até Selina, procurando na escuridão à sua frente.

Lara e Roboneca estão ao seu lado, fazendo o possível para distinguir ondulações ou bolhas.

Bundudo, Pirata Eric e Pequena Sereia observam ao lado de Casablanca.

Enquanto todos eles procuram na gosma que flui, ondulações se formam no meio e Red irrompe dali, espalhando sangue para todo lado. De olhos fechados e boca aberta coberta de sangue e lodo, ele dá um suspiro irregular, caindo de volta no abismo escuro.

Selina grita. — Eu a peguei! Peguei a Paulina! — Conseguindo pôr-se de joelhos, ela agarra-se bem com as duas mãos.

A mão de Paulina emerge, mas a mão de Selina escorrega e desliza sobre sua pele saturada. Ela tenta reajustar-se, deixando Paulina afundar alguns centímetros.

McJoker move-se até ela, chegando ao rio vermelho, e mexe as mãos até agarrar algo. Puxando para cima, ele e Selina conseguem levantar a cabeça de Paulina para a superfície.

Cabelo grudado no rosto, ela abre a boca para respirar, mas apenas cospe e engasga com o cabelo ensanguentado.

Casablanca se vira, procurando um objeto longo e forte. Caindo nas videiras das torres de abóbora, ele se move para elas, puxando as videiras ainda no chão. Enrolando-as ao redor do ombro e do cotovelo, ele corre de volta para a margem.

Red se agita, movendo os braços, e atira sangue em todas as direções.

Casablanca deixa cair o rolo em sua mão, desenrolando alguns metros. — Está bem, Red! Estou lhe atirando uma corda! Faça o seu melhor para agarrá-la! Farei o possível para que isso seja fácil! — Agarrando firme ao rolo, ele balança-o algumas vezes antes de atirá-lo a Red.

A videira cai ao redor dos ombros de Red, enrolando-se em seu pescoço. Ele se debate, tentando se agarrar a ela, mas continua a afundar.

Selina e McJoker têm dificuldade em segurar Paulina acima da superfície com a pequena corrente, o seu peso e a sua pele escorregadia deslizando por baixo dos dedos. Em um movimento rápido, suas mãos falham, e ela cai nas profundezas em movimento abaixo.

Selina cai para a frente, mergulhando as mãos no vermelho. — Não, não, não, não, não! — Em seu estado frenético, ela deixa escapar um soluço, continuando a bater na água, e grita.

McJoker dá alguns passos para trás, colocando as mãos ensanguentadas no topo da cabeça, sacudindo-a e respirando fundo e rápido.

Os outros cobrem a boca, vendo tanto Red como Paulina caírem.

Algumas ondulações.

Menos bolhas.

Casablanca puxa a videira na sua direção,

preparando-se para outro arremesso. — Isto não pode estar acontecendo. — Enrolando a videira, ele prepara-se para outro arremesso.

O Sr. Esqueleto agarra seu braço, apertando um pouco, e o encara. — Não vale a pena. Eles desapareceram. Não há como eles lutarem contra essa corrente. Não com suas fantasias, e não contra a espessura que isso tem. — Meneando a cabeça, ele vira-se para o agora tranquilo rio, salvo a agitação das cataratas.

Casablanca sacode o braço, atirando as videiras sobre a relva. — Merda! — Sem pensar, ele limpa a boca, depois afasta a mão, fazendo caretas e bufando.

Selina senta-se na relva, abraçando as pernas, e chora nos joelhos, balançando-se para trás e para frente.

Lara, Barbie e Roboneca agacham-se de ambos os lados dela, esfregando seus ombros.

McJoker fica parado, olhando para o vazio entre ele e a relva, com os dedos enrolados no seu cabelo.

A Pequena Sereia e o Pirata Eric se abraçam, olhando para todos.

Bundudo corre em direção a uma árvore, vomitando sobre as raízes.

Casablanca vira-se para todos, observando-os, e coça a parte de trás do pescoço.

Naquele momento, uma luz vermelha pisca sobre a sala e uma ponte se estende sobre o rio.

Bundudo tropeça em direção ao grupo, segurando o seu estômago. — Há uma ponte. — Ele balança um dedo na sua direção. — Talvez devêssemos tentar sair da sala? — Ele dá de ombros, olhando para o restante do grupo e engole em seco respirando fundo.

Barbie fica atrás de Selina, olhando para a ponte, e olha de relance para Bundudo. — Como sabemos que não se vai desfazer debaixo de nós? — Ela aponta para a ponte, dando alguns passos vacilantes em direção a ele enquanto os saltos dela afundam na relva macia. — E se esse fosse o plano deles? Nos jogar no rio? — Respirando fundo, ela olha para ele, mordendo o canto da boca.

Casablanca aproxima-se dela, colocando a mão em suas costas. — Acho que eles não nos dariam uma saída se quisessem que todos caíssemos no início. — Ele olha para todos, suspirando. — É obviamente um jogo bem planejado. — Grunhindo, ele direciona o olhar para trás, para o rio. — E eles perderam. — Voltando-se a todos, ele bufa. — Temos de ir embora. Alguém tente o caminho por onde viemos. — Ele aponta para a cortina preta.

A Pequena Sereia acena com a cabeça, soltando-se do Pirata Eric e dirigindo-se para a cortina, empurrando o tecido para ambos os lados. — Está fechado! — Ela volta-se para eles. — Não havia uma porta aqui quando passámos, mas agora há, e está trancada. — De olhos bem abertos, ela volta rapidamente para Eric.

O Sr. Esqueleto dá um pontapé numa abóbora. — Foda-se, meu! Então somos forçados a nos sentar aqui e possivelmente morrer, ou avançar e possivelmente morrer? Que se foda esta merda! — Sacudindo a cabeça, ele levanta as mãos, virando-se.

Selina deixa escapar um soluço estridente e treme.

Barbie põe as mãos no cabelo, girando em círculo.

Bundudo vomita no rio.

McJoker não se move.

A sereia e Eric abraçam-se.

Casablanca bufa, voltando-se para a Selina. — Você consegue andar? Ou precisa de ajuda? — Ele vai até ela, agacha-se, e procura o rosto para além da máscara.

Os olhos de Selina se viram na direção dele, encarando-o com ferocidade. — Acabei de ver a minha namorada afogar-se na merda de um rio de sangue, e está me perguntando se posso andar? — Ficando de pé, ela investe contra ele, apontando um dedo em seu rosto.

Casablanca cai para trás enquanto as garotas se afastam dela.

Selina mantém o dedo dela a centímetros do rosto dele. — Paulina era o amor da minha vida! — Ela deixa a mão trêmula cair, os lábios e o queixo também tremem, e ela cai de joelhos, soluçando.

McJoker desvia sua atenção para ela, virando-se. — Você continua chamando-a de Paulina. — Ele olha para a parte de trás da cabeça dela.

Selina acena com a cabeça, fungando.

McJoker olha para todos. — Eu conheci uma Paulina no colégio. — Ele vê os ombros dela caírem.

Selina funga novamente, vira o rosto para ele, e tira a máscara. — Duvido seriamente que seja a mesma. — Ao soltar uma gargalhada, ela enxuga as lágrimas da cara.

McJoker aperta os olhos, olhando para ela. — Miku? — Os olhos dele se arregalam, e ele se afasta.

Barbie vira a cabeça em direção à Miku. — Espere, o quê? — Ela cai de joelhos com uma mão no ombro de Miku. — Miku, é mesmo você? — Agarrando seu queixo, ela vira o rosto de Miku para trás e para frente.

Miku solta o queixo da mão de Barbie. — Eu conheço vocês dois? — Arqueando uma sobrancelha, ela olha para eles.

Barbie revira os olhos, colocando uma mão sobre o decote. "Sou eu, Merrien, dã! — Balançando a cabeça, ela se vira para McJoker. — Quem é você, no entanto? — Arqueando uma sobrancelha, ela zomba dele.

McJoker ri um pouco. — Blake... estou um pouco surpreendido por não ter me reconhecido, mas a maquiagem está muito boa. — Fungando, ele dá de ombros.

Barbie volta a revirar os olhos. — Você sempre foi um merdinha, Blake. — Zombando, ela se levanta e cruza os braços.

Casablanca sacode a cabeça, levantando-se, e estende as mãos para eles. — Esperem um minuto, todos vocês se conhecem? — Arqueando uma sobrancelha, ele dá uma olhada em todos.

Roboneca acena com a cabeça, levantando a mão. — Eu conheço. — Ela desliga a máquina que altera sua voz. — Sou eu, a Bubbles. — Ela olha para cada um deles.

Casablanca aponta para o Bundudo. — E você? — Mantendo o olhar nele, ele cruza os braços.

Bundudo segura o estômago, concordando com a cabeça. — Sim, namorei com a Bubbles no colégio. — Ele se vira para ela, dando-lhe um aceno com a cabeça, e mexe os dedos.

Bubbles cerra os olhos. — Houston? — Dando um passo mais perto, os olhos dela se arregalam.

Casablanca vira-se para Eric e Pequena Sereia. — E vocês dois? Quais são os seus verdadeiros nomes? — Ele estende a mão para eles.

Eles se entreolham, meneando a cabeça.

A sereia agarra-se ainda mais nele. — Eu não conheço nenhum de vocês. O meu nome é Robin. — Ela dá de ombros.

Eric balança a cabeça. — Eu sou Jessie, o namorado dela. — Encolhido, ele levanta a mão livre.

Casablanca suspira, esfregando o rosto, voltando-se para Lara e Esqueleto. — E então? — Batendo no queixo, ele os observa.

Esqueleto confirma com a cabeça. — Sim... ei, pessoal. Tyler. — Ele acena para eles, aperta os lábios e olha para o chão.

Lara franze a testa. — Dorine. Olá. — Ela faz uma careta, sugando os dentes.

Casablanca aponta um polegar para o rio. — Algum de vocês tem uma ideia de quem era o Big Red? — Ele olha para cada um deles.

Tyler dá de ombros, levantando as mãos e apoiando-as na cabeça. — Eu não sei, cara. — Ele dá passos largos. — Se isto é o que eu penso que é, então pode ter sido o

Jeb. — Ele para de se mexer, passando os olhos ao redor do grupo. — Encaixa na compleição, mas não faz sentido. — Ele balança a cabeça, olhando para Casablanca. — Se eles queriam todos aqui, esqueceram-se do Nathan. — Ele olha para Casablanca, franzindo a testa.

Casablanca bufa, limpando a boca. — Eu tenho uma ideia do porquê. — Lança um olhar para Tyler, depois olha de volta ao chão. — Eu peguei o convite dele. — Ele relaxa os ombros, deixando a mão bater-lhe na coxa. —Ele morreu de overdose depois de eu ter inscrito nós dois no concurso com endereços separados. — Ele troca olhares com Tyler. — Ele entrou, por isso peguei seu bilhete. — Estendendo as mãos, ele dá de ombros.

Tyler ri, meneando a cabeça. — Claro, o Nathan iria pular fora, como sempre. — Sacudindo a cabeça em direção à relva morta, ele tira as mãos da cabeça.

Miku ri, ficando maníaca. — A Paulina e talvez o Jeb estejam mortos, e vocês estão todos se apresentando? — Ela aponta para o rio. — Que merda se passa com todos vocês?! — A voz dela aumenta de tom. — Há duas pessoas mortas a poucos metros de nós, e vocês só quer conversar sobre o fato de nos conhecermos? — Ela encara os olhares silenciosos. — Quem se importa?! Precisamos sair daqui e encontrar a polícia! — Enfiando os dedos no cabelo, ela encara o chão. — Juro por Deus, vou processar o dono. Ah, eles vão desejar que eu os tivesse matado. — Ao soltar o cabelo, ela dá uns passos para trás e para frente.

Casablanca dá um passo na sua direção, parando ao ver seu olhar maníaco. — O meu nome é Corey. Acontece que eu sou da polícia. — Ele move o olhar entre os olhos dela. — Se eu conseguir sair daqui, tem a minha palavra de que vou garantir que o assassino seja encontrado e receba punição, mas... — Ele olha para cada um deles. — Por agora, precisamos sair desta sala, e parece que essa é a nossa única aposta. — Ao virar-se, ele estende a mão para a ponte.

Robin encara Jessie, grunhindo, e balança a cabeça.

Jessie treme.

Assentindo, todos se dirigem para a ponte.

CAPÍTULO DEZ

Ao caminharem em direção ao arco de caveiras iluminado de vermelho, eles se movem através da cortina preta, parando de forma repentina quando Corey estende as duas mãos para os lados. Todos encaram o corredor.

Rostos brancos revestem as paredes. Todos diferentes. Todos sofrendo. E todos chorando lágrimas vermelhas.

Lamento.

Gemidos.

Choro.

A angústia preenche o caminho deles.

Miku aproxima-se de um, tocando as lágrimas, e puxa o dedo de volta, esfregando-o contra o polegar. — É... — Ao cheirar, seus olhos se arregalam. — É sangue de verdade. — Esfregando a mão sobre a parede, ela rosna, afastando-se dela.

Merrien finge vomitar, colocando a mão sobre a boca. — Isso é nojento. Acho que vou vomitar. — Cerrando os olhos, ela se afasta deles, colocando o rosto no ombro de Corey.

Encarando todos, ele a puxa para um ligeiro abraço, dando-lhe palmadinhas nas costas.

Tyler zomba, revirando os olhos e murmura. — Arranjem um quarto, filhos da puta. — Meneando a cabeça, vira-se para um dos rostos na parede, observando-o. — Coisinhas estranhas, não? — Ele cutuca o rosto, e vermelho preenche o espaço. — Que caralho? — Ele se aproxima mais.

A boca se abre e solta um gemido estridente e implacável.

Tyler tropeça para trás, esbarrando em Dorine e Bubbles. — Foda-se! — Tremendo e se afastando delas, ele esbarra na parede com um alto estrondo.

Todos olham para ele.

Tyler dá de ombros, puxa as lapelas do smoking e balança a cabeça para eles. — O que estão olhando? — Mexendo a boca, ele balança mais a cabeça, desviando o olhar para o chão.

Um incêndio irrompe pelo corredor, atraindo a atenção de todos. A chama sobe cada vez mais alto em direção ao teto.

O corredor parece estender-se mais do que se pensava com a nova luz.

Engolindo em seco, Corey olha para os outros enquanto segura Merrien. — Há uma placa de saída logo depois daquele incêndio. Eu sei que as regras diziam que se sairmos perdemos, mas acho que é seguro dizer que essas regras eram besteira e se ficarmos, morremos. Então, eu digo que devemos sair e fazer o nosso melhor para encontrar a estrada pela qual entramos. — Ele olha para cada um deles, assentindo com a cabeça. — De acordo? — Ele observa todos concordando, e tira Merrien do ombro, mantendo o braço à volta da cintura dela, e todos eles avançam.

À medida que se dirigem para a fogueira, os gemidos, lamentos e choros se intensificam, amplificando-se a ponto da maioria deles cobrir os ouvidos.

Hugh e Dorine abrandam o ritmo, a poucos metros um do outro.

Jessie e Robin os ultrapassam para acompanharem os outros, e Robin olha por cima do ombro para eles antes de se virar para a frente.

Pessoa após pessoa passa por Hugh e Dorine.

Passo após passo, eles diminuem a velocidade, ambos ficando para trás.

Corey grita por cima do ombro, mas os rostos são tão barulhentos que ele não consegue ouvir a própria voz. Então, em vez disso, ele aponta para a placa de saída, e inclina a cabeça para a direita deles.

No meio do barulho estrondoso, os passos de Dorine e Hugh soam forte e lentos.

Hugh tropeça, agarra-se à parede, e apoia o ombro nela.

Dorine tropeça no próprio pé, raspando as unhas na parede, e cai de joelhos, colocando uma mão no peito.

Ninguém se vira.

Ambos lutam para respirar, abrindo e fechando a boca, mas nenhum deles consegue oxigênio.

Antes que algum deles perceba, eles param, os músculos que não querem se mover, as bocas estão bocas fechadas, e eles caem no chão, olhos arregalados olhando um para o outro.

Bubbles tampa os ouvidos, olhando para a porta atrás deles, e um brilho chama-lhe a atenção. Parando no caminho, ela olha para o chão, encontrando o brilho que vem dos óculos de Hugh, caído a alguns passos do seu corpo imóvel. De olhos arregalados, ela respira fundo, vira o olhar, e espiona Dorine. Respira mais fundo, mais rápido, e depois solta um grito de gelar o sangue que atravessa o barulho.

Todos param de se mexer, virando-se.

Os ruídos cessam, mas o grito do Bubbles permanece.

Os gritos de Merrien, Robin e Miku se misturam em um coro de gritos agudos enquanto todos eles veem os dois conjuntos de lábios azuis, rostos pálidos e olhos vermelhos brilhantes e vidrados.

Corey abre caminho até os corpos e verifica os seus pulsos. Caindo próximo à cabeça de Dorine, ele enxuga seu rosto, deixando-o um tempo em sua mão com um suspiro.

Bubbles soluça no ombro de Merrien.

Miku fica ali, olhando fixamente, e coloca mãos trêmulas no rosto.

Robin agarra-se à Jessie, observando os outros.

Tyler morde o punho, rodando em círculo rápido, e depois põe as mãos na parte de trás da cabeça. — Merda! — Jogando as mãos para baixo, ele meneia a cabeça para o chão.

Blake agacha-se, enterrando o rosto em ambas as mãos.

Corey grita, batendo com os punhos na parede, fazendo as garotas gritarem.

Naquele momento, a fogueira se apaga, envolvendo a sala na escuridão.

Todos gritam, tornando-se plenamente conscientes dos novos perigos.

Os lamentos voltam.

Uma luz estroboscópica pisca, iluminando-os em intervalos de luz azul brilhante.

Eles se põem a correr aos tropeços.

Corey faz o seu melhor para gritar mais alto do que o barulho, mas é muito difícil. Encontrando quem ele consegue, ele os move para além da fogueira. Ao chegar a uma porta, ele empurra a todos e a fecha atrás deles.

Todos eles saltam, virando-se para ele.

Miku olha ao redor. — Onde estão os outros? — Os seus olhos se arregalam, a respiração se acelera, sua voz sobe duas oitavas. — Onde estão os outros, porra? — Ela agarra-se à porta, puxando e puxando em vão.

Blake anda ao longo da parede, mãos na cabeça, olhos vidrados.

Ao desistir, Miku bate com as mãos contra a porta, soluçando, e desliza para o chão.

Corey aproxima-se dela, descansando uma mão em seu ombro e suspira. — Eu não sei. Fiz o possível para que todos vocês me seguissem, mas talvez encontrem a sua própria saída. — Dando de ombros, ele suspira novamente, limpando a cara.

O silêncio enche seus ouvidos enquanto uma luz verde inunda o corredor.

Um após o outro, todos se afastam da porta, encarando o brilho indistinguível na extremidade mais distante do corredor.

Merrien aperta o braço de Corey, segurando-se firmemente à manga, e agarra-se a ele. — O que é isto? — O aperto dela fica mais forte, unhas cravando sua pele através do tecido.

Miku e Blake juntam-se a eles, olhando para o brilho, tensos.

Corey bufa, estreitando os olhos e flexiona os punhos. — Não sei, mas fiquem próximos e mantenham os olhos abertos para tudo. — Dando tapinhas na mão de Merrien, ele a aperta e leva-os para frente.

Os quatro se movem em um grupo unido para frente, olhando ao redor do corredor.

Corey olha de um lado para o outro.

Nenhuma porta.

Nada a não ser preto puro.

Ao virar-se para a frente, ele fica cara a cara com a figura brilhante, um sorriso espalhado pelo seu rosto deformado. Ele para de falar, apertando a mão de Merrien, que ainda se agarra firmemente ao seu bíceps, e ela grita.

A figura brilhante aponta a cartola para eles, depois abre a boca desumanamente larga, deixando sair um grito suficientemente alto para acordar os mortos antes de atingi-los com as mãos estendidas.

Merrien solta um grito no ouvido de Corey, virando seu rosto para o ombro dele, e se protege.

Miku e Blake agarram-se um ao outro, prendendo a respiração enquanto a aparição se aproxima.

CAPÍTULO ONZE

Num corredor diferente, do lado oposto da fogueira, Tyler bate em uma porta trancada. — Merda! A porta está trancada! — Rosnando, ele chuta algumas vezes antes de passar os dedos pelo cabelo e dar meia-volta.

Robin agarra-se à Jessie, olhando ao redor do espaço escuro. — Onde nós estamos? — Os dedos dela enrolam-se na camisa dele, a respiração forte faz a gola dobrar.

Brenda esfrega os braços, abraçando-se. — Para onde foram os outros? — Ela segura os soluços, olhando para o chão. — O que vai acontecer com eles? — Ela funga, erguendo os olhos para Tyler.

Tyler aproxima-se dela, puxando-a para um abraço. — Não podemos pensar nisso agora, precisamos de encontrar uma maneira de sair daqui. — Afagando suas costas, ele a deixa envolver os braços ao redor dele, e ele os vira de um lado para o outro.

Jessie olha à sua volta, espiando uma luz cintilante. — Ei, há uma luz lá embaixo. — Ele olha para Tyler. — Talvez estejamos perto de sair? — Ele dá de ombros, olhando para Robin.

Tyler acena com a cabeça, solta Brenda, e se

endireita. — Sim, ou isso nos leva à morte. Que se dane isso. — Grunhindo, ele cospe no chão.

Jessie revira os olhos. — Faça como quiser. — Ele troca olhares com Robin. — Quer ir lá ver? — Esfregando suas costas, ele espera que ela responda.

Robin desvia o olhar para o chão, morde o lábio inferior, e depois se vira para ele. — Sim, se houver alguma possibilidade de sair, eu quero aceitá-la. — Concordando, ela os vira para andarem.

Jessie olha para Tyler por cima do ombro, dando-lhe de ombros.

Tyler mantém-se firme, encarando-o fixamente.

Apertando os lábios, Jessie vira-se para a frente, conduzindo Robin em direção à luz.

Tyler e Brenda veem os dois ficarem cada vez menores e mais escuros à medida que se afastam.

Assim que chegam à luz, os dois entram numa sala, desaparecendo depois do limiar.

Brenda vira-se para Tyler.

Tyler bufa, passando a língua ao longo da boca. — O quê? — Resmungando outra vez, ele olha para o teto preto.

Brenda abre a boca, apenas para fechá-la, e vira sua atenção para a luz.

Gemendo, Tyler esfrega os olhos, beliscando a ponta do nariz, e olha para ela. — Você quer seguir. Por que? — Ignorando-a, ele balança a cabeça, sacode as mãos e deixa que elas batam nas coxas.

Brenda morde o lábio inferior, desviando o olhar para o chão. — Bem, para começar, eles não estão gritando. — Devolvendo-lhe o olhar, ela volta a morder o lábio.

Passando mais a língua pela boca, ele abaixa a cabeça em derrota. — Tudo bem, mas se morrermos... — Ele aponta um dedo para ela, abanando-o um pouco, e depois deixa cair o braço ao lado do corpo, balançando a cabeça.

Brenda acena com a cabeça, virando-se para frente.

Tomando a mão dela, Tyler os leva em direção à luz.

Aproximando-se, a porta alarga-se, revelando aquelas abas plásticas espessas e largas que se encontram nas docas de carga ou nos açougues.

A luz cintila atrás deles.

Uma luz fraca e amarela.

Tyler coloca um braço entre duas das abas, empurrando-as para o lado. — Robin?... Jessie?... Ei, gente, onde vocês estão? — Puxando Brenda, ele avança mais para dentro da sala.

A voz de Robin vem de longe. — Estamos aqui! Esta sala continua por um tempo.

Tyler olha para Brenda. — Ainda quer estar na sala com luz? — Coçando a cabeça, ele levanta uma sobrancelha para ela.

Brenda dirige o olhar para ele, franzindo as sobrancelhas e depois olha à sua volta.

Azulejos de metrô brancos sujos recobrem a parede até a metade, sendo a outra coberta por uma tinta verde azulada encardida.

Manchas vermelhas e marrons cobrem o piso, seguindo em direção a um ralo no meio do concreto.

Uma mesa cromada brilhante, com um pequeno motor e uma manivela, está aparafusada aos pés do chão. Fivelas brilhantes estão penduradas e abertas de cada lado.

De frente a ela, encontra-se uma caixa de acrílico transparente brilhante com uma parede interna metálica e um pequeno motor exterior acoplado.

Os dois ficam ali, observando. Nenhum deles está disposto a se mexer, muito menos ser o primeiro.

A voz da Jessie vem do pequeno arco no fundo da sala. — Ei! Vocês dois vão vir aqui ou não? — As palavras dele somem, e seguem-se risadinhas curtas.

Tyler olha para Brenda, arqueando uma sobrancelha, e dá de ombros.

Brenda rói as unhas, olha para trás e sussurra: — Talvez devêssemos encontrar outra saída? — Remexendo-se algumas vezes, ela olha para ele com a unha ainda entre os dentes.

Tyler sorri, rindo pelo nariz. — Finalmente disse algo inteligente. — Colocando um braço em volta dela, ele os vira para sair.

Sem aviso prévio, braços amarelos envolvem os ombros deles. Mãos com luvas pretas entrelaçam os dedos em seus peitos.

Brenda grita, arranhando e agarrando as grossas luvas pretas.

Tyler se esforça para lutar, quase conseguindo atirar a figura por cima do ombro, mas escorrega no chão vermelho escorregadio. Ao cair de costas, os braços puxam-no para trás.

Antes que algum deles se dê conta, são enfiados nos dispositivos.

———

Do outro lado do corredor, uma aparição branca irrompe pela parede à esquerda deles, mãos e garras se esticando para fora na direção deles.

Miku grita, chamando a atenção dos outros, e todos eles se assustam.

Merrien solta outro grito, solta Corey, e põe-se a correr nos seus saltos.

A aparição branca passa pelos três que ficam parados.

Merrien olha por cima do ombro para eles, vendo a aparição desaparecer. Virando-se, ela derrapa até parar quando o verde passa por ela, e então seu salto quebra, e ela cai para frente no chão frio e duro de azulejos. A pele dela chia enquanto ela escorrega até parar.

Os outros correm até ela, e Corey se ajoelha,

descansando uma mão no ombro dela. — Você está bem? — Ele a ajuda a ficar de lado, olhando para o corpo dela.

Merrien sopra o cabelo do rosto, reclamando para ele. — Odeio tanto este maldito lugar. — Apoiando-se melhor, ela se agarra ao ombro dele, enrolando os dedos no tecido.

Corey ri, olha para os outros e agarra seus braços, ajudando-a a levantar-se com os pés vacilantes.

Merrien manca um pouco, saltando e andando com o sapato estragado. — Esta merda quebrou meu sapato! — Abaixando-se, ela o retira, atirando o par em direção à porta.

Coçando a barba, Corey mantém uma mão na parte de baixo das costas dela, observando os outros dois, e depois olha para o chão. — Devíamos continuar andando. Tentar encontrar outra porta. — Acenando para eles, ele manobra Merrien, e eles seguem em frente ao longo do corredor.

Mais aparições se movem pelo corredor. Duas delas dançam juntas com roupas da era vitoriana. Outra aparição branca avança para cima deles da lateral.

Merrien grita e aperta o braço do Corey.

Sem perceber, Corey pisa em um pequeno botão preto no chão.

Um clique e um estalido suaves e lentos preenchem o corredor, aumentando de velocidade e volume.

Um passo.

Dois passos.

No terceiro passo, um barulho ensurdecedor enche o corredor e as paredes se juntam um pouco.

Todos gritam.

O corredor se estreita a ponto de todos formarem uma fila indiana.

Corey fica à frente da fila, batendo e empurrando as paredes à medida que elas atrasam o avanço deles.

Merrien grita e chora, batendo nas paredes, e seus pés descalços acertam o chão a cada batida frenética.

Miku cai de joelhos, com as mãos sobre a cabeça, soluçando entre os cotovelos.

Blake faz o possível para empurrar as paredes, os sapatos deslizando sobre o chão escorregadio.

Alguns cliques altos e as paredes param de se mover.

Todos olham em volta, virando-se em direção ao teto e ao chão antes de se correrem em direção aos outros no espaço apertado.

O fôlego de Merrien acelera quando ela se afasta de Corey em direção a Miku. — Eu... eu não consigo... eu não consigo respirar! Eu tenho que sair! — As palavras dela saem apressadas. — Eu não consigo! É muito pequeno! Não há espaço suficiente! — A respiração dela acelera mais, o tom sobe. — Eu preciso de sair! AGORA! — Empurrando Miku, ela tenta passar por cima deles em direção à porta trancada.

Corey a alcança, agarrando seus dedos. — Merrien, espera! Aquela porta está trancada! — Agarrando com as duas mãos, ele puxa o braço dela.

Nesse momento, o chão se abre debaixo dela.

Merrien berra, tentando agarrar com a mão livre o pulso de Corey.

Segundos depois, outro pedaço de chão se abre debaixo de Blake, e ele cai.

Miku grita, colocando as mãos trêmulas sobre a boca enquanto o sangue dele borrifa nela e nas paredes à sua volta.

O som de seus ossos se esmagando entre as garras girando preenche o corredor apertado, misturando-se com os gritos e gorgolejos dele enquanto as lâminas alcançam seus pulmões, enchendo-os de sangue. O vermelho jorra de sua boca, atingindo Miku no rosto, e goteja sobre seu queixo com cada estrangulamento até que ele abaixa, e seu crânio é esmagado.

Um olho se solta, saltando sobre as garras antes de cair numa fenda entre elas enquanto se movem em direção uma à outra.

CAPÍTULO DOZE

As figuras amarelas desaparecem tão depressa como surgiram.

Brenda e Tyler são deixados sozinhos, gritando, berrando e lutando contra os seus cativeiros.

Os motores ligados aos dispositivos são acionados. O zunido e o zumbido enchem a sala.

Brenda força os pulsos e tornozelos contra as apertadas algemas de metal, pressionando o tecido em sua pele.

As algemas não cedem.

No entanto, a mesa se move.

Brenda estica o pescoço, olhando em volta do metal. — Que porra está acontecendo? Esta coisa está se mexendo? — Gritando, ela joga a cabeça para trás de volta à prata cintilante, batendo-a várias vezes na tentativa de se libertar.

Tyler grunhe e geme, a cabeça saindo pela parte de cima da caixa. — Estou um pouco preocupado com os meus próprios problemas neste momento. — A abrir os olhos, ele olha para ela. — Mas sim, a mesa está se abrindo no meio. — Ele respira fundo, grunhindo enquanto empurra os pés contra as paredes da sua caixa. — O meu está tentando me esmagar! —

Prendendo a respiração, ele empurra novamente enquanto a parede interna continua a avançar.

A mesa se estende mais, parando de repente com um espaço considerável entre as peças, e as algemas afastam-se dela nos seus próprios braços separados. Eles puxam suas articulações, levantando os braços dela acima da cabeça e abrindo suas pernas.

Brenda solta um grito em direção ao teto, cospe entre os dentes e os lábios, e depois solta um soluço. — Desculpa, Tyler! Eu sinto muito! — Ao soltar mais um grito, os dedos dela balançam e se abrem.

Os braços continuam a puxar seus membros para longe do corpo. A pele dela estica-se. Respirações erráticas. Ela chora.

Tyler grunhe, ainda tentando empurrar a parede interna da caixa, e suas palavras saem em bufos. — Não... não é culpa sua... Bubbles... — Ao soltar o ar em respirações rápidas, ele empurra e empurra contra o poder da máquina.

Não importa o quanto ele empurre, a parede avança sobre ele, e os joelhos de Tyler encontram o painel superior do acrílico. A parede continua vindo, pressionando os dedos dos pés em direção às canelas. Coxas contra o estômago dele. Os braços dele estão presos ao seu lado.

Tyler grita.

Joelhos sendo empurrados para cima no acrílico. As coxas pressionando cada vez mais o estômago.

Diafragma.

Costelas.

Um estalido.

Tyler grita, deixando sair um gemido. — Merda! Meus tornozelos acabaram de se partir! Acabei de ver o sangue jorrar. — Inclinando o rosto para o teto, as lágrimas escorrem para as orelhas, a cabeça pendendo.

A parede continua a avançar, empurrando-lhe os pés para dentro das canelas.

Brenda grita outra vez.

Os braços puxam-lhe os membros cada vez mais para fora.

Quatro estalos enchem seus ouvidos.

Brenda grita mais uma vez, deixando que se transforme em soluços. — As minhas articulações acabaram de sair das juntas! — Ela chora mais, respira em um frenesi e as lágrimas escorrem para o cabelo.

Os braços continuam a puxar, esticando sua pele.

Brenda balança a sua cabeça iluminada sobre a mesa, a luz amarela acima rodopiando a sala num brilho. — Esta coisa vai puxar os meus membros do meu corpo. — Soluçando com mais força, ela engasga na própria saliva.

Os braços estalam algumas vezes, o motor acelera.

Tyler chora, ouvindo o rápido rachar da fantasia de Brenda se rasgando nas costuras enquanto o tecido é puxado com ela. Com a cabeça pendendo cada vez mais, ele a observa através de uma visão embaçada.

A parede pressiona as pernas dele ainda mais para dentro.

Dois estalos altos.

Tyler irrompe num grito soluçante. — Os meus joelhos acabaram de se arrebentar. — Ele engole em seco, cuspe voando dos seus lábios com as suas próximas palavras. — Tenho quase certeza de que as patelas estão em pedaços minúsculos agora. — Ao deixar a cabeça cair para a frente, ele chora para dentro da caixa, lágrimas e cuspe misturando-se na superfície fria e dura.

A parede continua a empurrá-lo para dentro dele, pressionando as coxas nas costelas.

———

Merrien grita e berra, agarrada à palma da mão suada de Corey. Olhando para baixo, ela vê o calor de uma grande fornalha.

Corey grunhe, fazendo o possível para puxá-la com a mão escorregadia, e força suas palavras. — Miku, seria muito bom se pudesse vir me ajudar. — A cara dele se contorce enquanto ele tenta aguentar o peso dela.

Os pés de Merrien balançam alguns metros acima das chamas. Ela os puxa, dando o seu melhor para os afastar do calor intenso. Quanto mais tempo balançam, mais o esmalte cor-de-rosa dela amolece, escorrendo por cima da pele sensível das pontas dos dedos dos pés. As solas macias dos seus pés ficam avermelhadas, ardendo e queimando. Ela grita mais, chutando com os pés, e aumenta o seu já problemático peso.

Corey se esforça para contrabalançar o seu peso com o pouco de força que ainda tem nas mãos escorregadias. — Miku! — Ele olha para ela que encara o moedor à sua frente. — Droga, Miku! Eu preciso da sua ajuda! — Os pés dele escorregam, e ele cai um pouco para a frente.

Merrien grita alto, com a mão escorregando alguns centímetros do seu punho.

O fedor da sua carne queimada os envolve.

Com os pés com bolhas e queimados agora, Merrien já não dá pontapés. As pernas dela são as próximas, avermelhadas e com bolhas até os joelhos.

Miku vira-se, as mãos ainda tremendo, e acena várias vezes com a cabeça, indo em direção a eles. No seu estado de choque, ela avança muito devagar.

A pegada de Corey escorrega mais uma vez, e ele se liberta do peso dela.

Merrien solta um grito de gelar sangue, caindo a curta distância nas chamas abaixo. O cabelo em chamas, a pele a borbulhar e a queimar, ela estende os dedos fumegantes até eles. Os gritos dela gargarejam para o nada. Caindo ainda, o peso dos braços dela os faz quebrar, e eles se esmigalham em seu peito.

Miku abafa um gemido, colocando as mãos sobre a boca, e toda a respiração lhe escapa dos pulmões.

Corey cai para trás, olhando para o buraco no chão, e a sua respiração acelera. Apoiando os cotovelos nos joelhos, ele dobra uma mão sobre a outra, pressionando-as na testa, e balança para frente e para trás. Ao soltar um grito, ele se levanta e esmurra a parede.

Miku salta com sua explosão, deixando cair as mãos ao lado do corpo, e olha para ele. O corpo inteiro dela treme, os fios de cabelo soltos tremem com ele.

Virando-se depressa, Corey agarra-a, puxa-a para perto e segura-a com força enquanto ela chora no peito dele.

As paredes recuam, o chão se fecha e as portas trancadas se abrem.

Miku e Corey dirigem seus olhares para a porta.

———

Brenda olha para suas algemas.

Os braços se soltam um último clique.

Tyler e Brenda fecham os olhos, as lágrimas escorrendo por seus rostos.

No instante seguinte, os braços saltam da mesa, puxando os membros de Brenda do seu corpo.

Os dois gritam quando um borrifo de vermelho preenche a sala.

Enquanto o seu corpo drena sangue, Brenda olha para os seus membros arrancados, a cabeça cai para trás contra a mesa, e ela a mexe para frente e para trás.

Tyler chora, vendo o jorro vermelho sair dela e se acumular embaixo da mesa.

A parede empurra o com mais força. O sangue enche a caixa, ensopando o smoking dele. Ele se esforça para respirar, chiando aos inspirar e expirar.

Apertado.

Dormente.

Com o coração acelerado, a cabeça dele pende mais.

Um clique vem da caixa, o motor acelera.

Tyler solta uma gargalhada frenética, joga a cabeça para trás e olha fixamente para o teto.

Um último clique.

A parede esmaga suas pernas. Triturando seus quadris, quebrando suas costelas e perfurando seus pulmões, ela pressiona o corpo dele contra a parede posterior do acrílico num jato de vermelho.

A cabeça de Tyler se inclina para a frente. Um vermelho escuro escorre da boca dele. E um gorgolejo irregular escapa antes do queixo dele atingir a superfície da caixa, olhos encarando Brenda na mesa.

———

No corredor, Robin e Jessie correm em direção a Corey e Miku, derrapando até parar quando se aproximam, e põem as mãos sobre o nariz, segurando o vômito.

Por instinto, Corey afasta-os, colocando Miku atrás dele. — De onde é que vocês dois vieram? — Ele olha para eles. — E onde estão os outros dois? — Ele dá mais um passo atrás, mantendo as mãos nos braços de Miku.

O lábio inferior e o queixo de Robin tremem enquanto ela aponta para trás dela. — Não sei, mas ouvimos muitos gritos. Temos andado de corredor em corredor. Testando porta após porta. — Ela deixa sair um soluço. — Este lugar é tão perturbador. — Inclinando-se para Jessie, ela se agarra à camisa dele. — Nós só queremos ir para casa. — Ao deixar Jessie abraçá-la, ela chora no peito dele.

Jessie vira-se para eles, acariciando as costas da Robin. — Nós estávamos com eles numa sala com aspecto de matadouro, mas eles nunca vieram para os fundos com a gente. — Ele treme, balançando a cabeça. — Nós continuamos a andar. Eles nunca apareceram. — Ele olha para o topo da cabeça do Robin. — Depois ouvimos os gritos. Tantos gritos malditos. — Ao olhar para cima, ele troca olhares com Corey. — Foi quando decidimos testar todas as portas que encontrássemos, e aquela estava destrancada. — Apontando com a cabeça para atrás, ele mantém os olhos em Corey.

Corey olha para ele, meneando a cabeça algumas vezes. — Perdemos a Merrien e o Blake também. — Agarrando a mão de Miku, ele vira-se parcialmente para ela. — Precisamos sair daqui, agora. — Ele aponta com a cabeça para trás, na direção que todos eles estavam indo antes.

Jessie concorda com a cabeça, virando ele e Robin na direção deles, e seguem bem de perto atrás.

CAPÍTULO TREZE

Os quatro chegam ao fim do corredor, chegando a uma porta rotulada "escada".

Corey vira-se para eles, indicando a porta. — Acham que isto pode ser uma saída? — Arqueando uma sobrancelha, ele olha para Miku que treme agarrada ao seu braço.

Jessie vira-se para Robin. — O que acha? — Dando de ombros, ele franze as sobrancelhas.

Robin morde o lábio inferior dela, fazendo uma careta para o chão. — Ela pode levar ao telhado. — Ela treme, balançando um pouco a cabeça. — Se conseguirmos chegar lá acima, talvez consigamos encontrar uma maneira de descer e sair. — Mexendo-se várias vezes, ela olha do Jessie para o Corey.

Corey assente uma vez, olhando para eles por um segundo, e esfrega o braço de Miku. — Está bem, vamos para o telhado. — Ao se virar, ele empurra a porta.

Ao abrir, as dobradiças rangem um pouco quando o metal pesado se encosta na parede atrás dele. Um conjunto escuro de escadas os saúda, cheirando a mofo e bolor.

Corey olha para baixo, para o topo da cabeça de Miku, respira fundo e conduz os quatro para cima.

Um andar.

Dois andares.

Três.

Outra porta com indicando "telhado".

Suspirando, Corey vira-se para eles, arqueando uma sobrancelha.

Jessie e Robin esfregam o rosto, encolhendo os ombros.

Ao se virar, Corey alcança a porta.

Empurrando-a para abri-la, todos eles espreitam para as rochas iluminadas pela lua que cobrem o telhado.

Naquele momento, um grande braço enrola-se ao redor da garganta de Corey.

Miku grita, soltando-se do seu braço.

Jessie luta para manter Corey parado.

Uma agulha aparece no canto do olho de Corey. Ele olha para Miku agoniada junto a Robin.

Robin sorri de orelha a orelha, enfiando uma agulha no pescoço de Miku, e aperta o êmbolo da seringa até ficar vazio. Tirando a agulha da pele de Miku, ela a observa tropeçar ao passar pela porta e cair sobre as rochas.

Corey continua a lutar, fazendo o melhor para se manter afastado da agulha. Ele e Jessie se atrapalham e tropeçam na porta, esmagando-se e se deslocando sobre as rochas.

Os dois grunhem e se agitam.

Jessie consegue enfiar a agulha no pescoço de Corey, pressionando o êmbolo.

Robin solta uma gargalhada enquanto segue Miku ao longo do telhado. — Você pensou que era tão teimosa e perfeita. Pensou que poderia se safar de tudo, não é? — Ela ri de novo, cuspindo nas rochas. — Bem, não conseguiu fugir de mim, não é? — Ela vê Miku balançar e tropeçar em direção à beira do telhado.

Corey ganha algum ímpeto e se equilibra, agarra o braço de Jessie e atira-o por cima do ombro no telhado.

As rochas deslizam e se partem sob o novo e inesperado peso.

Jessie cai e rola sobre si mesmo até parar a alguns metros de distância.

Agarrando a seringa, Corey a tira do pescoço, jogando-a no chão, e pressiona os dedos na pele enquanto bate um pé sobre o plástico, rachando-o e moendo-o nas pequenas pedras. Virando-se para a sua direita, ele observa Miku tropeçar nos próprios pés perto da borda do telhado.

Robin caminha ao lado dela, gesticulando e serpenteando com um sorriso doentio no rosto.

Corey se move em direção a eles, passos mais pesados do que antes, e o telhado balança um pouco. — Miku, não! — Suas palavras saem um pouco arrastadas. — Cupa sua! — Meneando a cabeça, ele cerra os olhos, depois abre-os e murmura: — Má ideia. — Ao virar-se para olhar por cima do ombro, ele para.

Jessie desapareceu.

Merda.

Do nada, uma força atinge Corey de lado, atirando-o ao chão.

Jessie senta-se em cima dele, colocando as duas mãos em volta da garganta de Corey, e pressiona sua traqueia.

Robin grunhe de animação, voltando-se para Miku, de pé na borda.

Miku vacila, sem olhar para nada em particular. Dando mais um passo, sua bota se arrasta sobre o estuque, o tornozelo dobra, e ela gira. Os olhos se arregalam, ela abre a boca, mas nada sai quando ela se move para frente.

Robin corre até ela, inclina-se e observa a queda de Miku até o cascalho abaixo.

Um barulho estrondoso preenche a noite.

E então, silêncio.

Robin vira-se para Jessie em cima de Corey.

O rosto de Corey é de um vermelho profundo, beirando o roxo, e um gorgolejo leve escapa dos seus lábios apertados. Incapaz de parar o aperto de Jessie ou de dobrar os braços, ele consegue alcançar seu coldre. Puxando o revólver de seis tiros da marca Smith e Wesson do coldre de couro, ele aponta o melhor que pode e aperta o gatilho.

Um estrondo alto enche a noite.

Robin se assusta, cobrindo a boca quando um grito estridente lhe escapa.

O estrangulamento de Jessie afrouxa. Ele se inclina para trás, voltando sua atenção para a grande mancha vermelha no meio do peito.

Corey respira fundo e com dificuldade, empurrando Jessie para o lado. Rolando de joelhos, ele engasga e arfa nas rochas. Com a respiração ofegante e cuspe escorrendo dos lábios, ele encara Robin.

Jessie põe uma mão no peito, erguendo dedos pintados de vermelho. — Você atirou em mim, porra. — Ele se maravilha com o sangue nos dedos.

Corey faz o possível para se manter de pé, lutando contra qualquer droga que tenham colocado em seu corpo.

Robin corre para o lado de Jessie, passando a mão trêmula por cima da ferida. — Não, amor, amor... Nãããoo... Ssshhh. — Ela o acaricia, lábio e queixo tremendo de novo.

Jessie tosse e borrifa sangue sobre ela, cobrindo seu traje de sereia meio-morta. Gargarejando e sufocando em seu próprio sangue, ele logo escorrega até os joelhos de Robin.

Corey dá alguns passos para trás.

As pedras esmagadas debaixo dos seus pés quebram o silêncio, chamando a atenção de Robin para ele.

Um súbito choque de adrenalina atinge Corey quando percebe o erro de se mexer.

Robin rosna, ficando de pé com muita rapidez, e

corre até ele, com os dedos fechados para o ataque. Antes que ele possa reagir, ela está em cima dele, forçando-o a recuar. Movendo os punhos no ar, ela tenta ao máximo agarrá-lo, mordê-lo ou dar-lhe um murro.

Corey larga a arma, levanta os braços em defesa, e faz o que pode para agarrá-la. Em vão. Os seus socos e movimentos erráticos são muito imprevisíveis, e ele não consegue agarrá-la. Mantendo os braços para cima, ele olha para a sua direita.

O aço frio do revólver brilha tão perto e ao mesmo tempo tão longe.

Voltando-se para ela, Corey consegue agarrá-la pela cintura e a empurra para longe dele. Com muito esforço, ele se move em direção à arma.

Robin atira-se de novo em cima dele, puxando-lhe as calças e as pernas.

Com os dedos a centímetros de distância, Corey estica-se dando tudo o que tem.

Robin puxa as calças dele, arrastando-o um pouco até ela.

Olhando para ela, Corey cerra os dentes, lançando-se, e agarra o cabo o suficiente para puxá-lo até ele. Segurando com força, ele o gira, apontando e apertando o gatilho.

A cabeça de Robin sacode para trás, sangue e cérebro espalhados sobre as pedras, e o seu corpo é arremessado para o telhado atrás dela.

As rochas rolam e racham sob o seu peso, mas ela não se mexe.

Bufando, Corey tem um pequeno ataque de tosse. Ao rolar para o lado, ele tosse nas pedras, respirando fundo e com dificuldade. Encontrando um equilíbrio, ele fica de pé, e olha para a cena à sua frente. Ele guarda a arma e move-se até a beira do telhado. Inclinando-se, ele espreita o cascalho, parando em Miku, e afasta o olhar.

O corpo esparramado.

Vermelho salpicado sobre o cascalho.

Corey faz o que pode para tirar a imagem de sua mente, mas não consegue fazer com que ela desapareça. Abrindo os olhos, ele a ignora, procurando na área possíveis formas de descer. Percorrendo todo o telhado maciço, ele encontra uma velha escada de incêndio na parte de trás. Depois de descer, ele se dirige o local que parece ser uma estrada de verdade.

Faróis brilham ao longe, avançando rapidamente.

Corey move-se até as linhas amarelas duplas, balançando os braços sobre a cabeça.

O carro para, guinchando os pneus a poucos metros dele.

Corey corre para a porta do motorista, batendo na janela.

A mulher que está lá dentro abre um pouquinho do vidro. — Precisa de ajuda, senhor? — Ela olha para ele, observando de relance a noite através do para-brisas dela.

A voz de Corey está rouca, saindo pela primeira vez desde que Jessie o estrangulou. — Preciso que me empreste o celular, houve um acidente a cerca de um quilômetro daqui. — Ele aponta um dedo trêmulo para atrás, limpando a garganta machucada.

A mulher acena com a cabeça, remexendo a bolsa, e puxa um celular com botões grandes. — Aqui. — Sem se arriscar, ela o passa pela fresta.

Pegando-o, Corey assente e sussurra: — Obrigado. — Digitando um, nove, zero, ele espera enquanto o toque enche os ouvidos.

— 190, qual é a sua emergência?

Corey respira o mais fundo que pode, a sua voz saindo em jorros. — Sim, aqui é o agente Corey Nash de Redondo Beach, Califórnia, departamento de polícia. Distintivo número 987. Estou relatando uma série de homicídios e pedindo reforços. — Ele faz uma pausa, olhando para os olhos arregalados da mulher e a boca aberta.

— Senhor, qual é a sua localização neste momento?

Corey troca olhares com a mulher. — Oi, que estrada é esta? — Ele aponta para o asfalto.

A mulher pisca algumas vezes, balançando a cabeça, e aperta o volante. — Ah, hum, hum, Rodovia 322. Entre Herrensburg e Mill Creek.

Corey agradece, movendo o bocal para cima. — Estou na Rodovia 322 entre Herrensburg e Mill Creek.

— Muito bem, senhor, a polícia e uma ambulância estão a caminho.

De pé, Corey observa o vazio entre ele e a floresta do outro lado da rodovia. — Qual o tempo estimado de chegada? — Ele respira ofegante.

— Vinte minutos. Você está um pouco longe, senhor.

Corey suspira, assentindo com a cabeça. — Sim, senhora, eu estou. —Olhando ao redor para nada em particular, ele fecha o telefone e enfia-o pela fresta da janela. — Obrigado, senhora. — Balançando a cabeça mais uma vez, ele olha ao redor de novo, solta um suspiro e limpa a boca.

―――――

POLÍCIA DE MILL CREEK, TRÊS DIAS DEPOIS:

Corey senta-se em uma sala de interrogatório não muito diferente daquela que ele e Nathan compartilharam tantas vezes antes.

Só que desta vez, ele está sentado algemado à mesa.

A porta se abre, e entra um policial mais velho de cabelo branco, que solta as algemas. — Desculpe por tudo isso, já sabe como é. — Ele senta-se do outro lado da mesa, jogando um arquivo sobre ela.

Corey esfrega os pulsos, coça a cabeça e solta uma

risada áspera. — Sim, eu conheço o procedimento dos finais de semana, tenho certeza. — Meneando a cabeça, ele olha para o arquivo.

O policial aponta para ele, pressionando o mesmo dedo na pasta manilha. — Fizemos uma pequena investigação, e não foi preciso muito tempo ou esforço. — Ele se inclina para trás, cruzando os braços. — Bem, a garota que dizia se chamar Robin é, na verdade, Wanda Wilkinson. Ela estava se consultando com um Dr. Weltzer por problemas com ansiedade social e pela incapacidade de lidar com uma desfiguração no rosto. — Suspirando, ele dá de ombros, tirando a mão do braço. — Ela estudou com as vítimas e alegou nas suas sessões que eles faziam bullying com ela por causa do seu rosto. — Ele olha para a mesa, limpando a boca.

Corey inclina-se para a frente. — E o cara? Jessie? — O assento de vinil guincha sob o seu peso em movimento.

O policial o encara. — Outro ex-paciente do bom médico. Um sendo tratado por comportamentos excessivamente violentos. Um que enganou o sistema e que teve permissão de sair em público. Com a ajuda dele, ela transformou uma antiga escola naquele espetáculo de aberrações e atraiu aquelas pobres pessoas. — Ele rosna, tirando um saco de provas do seu casaco contendo um gravador digital. — O médico dela ficou tão mortificado com as ações dela e do Jessie, que rejeitou a confidencialidade e nos deu a gravação da última sessão dela com ele. Eu acho que ele se sentiu culpado e um pouco responsável. — Ele retira o gravador, apertando o play.

————

THE BIG APPLE (NY), 2016, UM COMPLEXO DE ESCRITÓRIOS EM MANHATTAN:

Wanda inclina-se do sofá de couro bordô e olha de relance para o homem sentado à sua frente, em uma poltrona que combina com o sofá. — Esbarrei com Tyler na calçada, aqui na Broadway, a caminho do almoço. Ele se virou para mim com um sorriso e me pediu desculpa. Nem sequer me reconheceu, o cretino. Não o via há anos, e o fato dele não se lembrar de mim o suficiente para me reconhecer, trouxe-me aqui. Todo o tormento da escola voltou numa avalanche de memórias, e por isso vim direto para você, Dr. Weltzer. — Ela olha para ele pelo canto do olho.

Dr. Weltzer acena com a cabeça, levando a ponta da caneta aos lábios apertado, e a observa por trás dos óculos de aros grossos. — Entendo, entendo. Quais são os seus mecanismos de enfrentamento, Wanda? Lembra-se deles, não lembra? Eu sei que já faz bastante tempo desde que seus gatilhos foram acionados. — Ele encosta a caneta no queixo.

Wanda endireita-se e senta, de frente para ele, e franze as sobrancelhas. — Mecanismos de enfrentamento? Já vejo você há três anos, e acha que aqueles mantras estúpidos e técnicas calmantes funcionam para mim? — Seu rosto se contorce enquanto balança a cabeça, e suas palavras saem rápidas e em voz alta. — O único mecanismo que tenho é o meu crescente talento para cobrir a minha horrível marca de nascença. — Ela afasta o cabelo castanho claro do rosto, revelando um trabalho de maquiagem impecável. — Eu gasto centenas de dólares por mês para manter esta perfeição, e mesmo assim continuo com medo constante de ser encontrada. — Ela baixa o cabelo, batendo os cílios com rímel grosso debaixo das sobrancelhas perfeitamente arqueadas e desenhadas.

Dr. Weltzer assente novamente, pressionando as

pontas dos dedos juntos, e os aponta para ela. — Certo, parece-me que em vez de esconder a mancha, tem de aceitá-la. Possui-la. É uma parte de você, e você devia mostrá-la. — Ele pausa, limpa a garganta e olha para o chão. — É pouco profissional da minha parte dizer isto, mas acredito que precisa ouvir e que pode ajudar. — Ele troca olhares com ela. — Você é realmente muito bonita, apesar da sua insegurança. — Ele sorri, descansando as mãos no colo, e limpa a garganta novamente enquanto olha para o outro lado da sala. — No entanto, para resolver o seu problema de gatilho, porque não marca uma reunião com o grupo? Talvez então, todos vocês possam ultrapassar o velho drama do colégio e se conhecerem de verdade. Quem sabe, talvez eles agora sejam diferentes. — Ele dá de ombros, cruzando as pernas.

Ela olha para ele. — Sabe, na verdade pensei nisso. Eu quero ver que tipo de adultos eles se tornaram. — Ela lhe dá um sorriso desconfortável em sua direção. — Tenho grandes esperanças de que tenham mudado, mas na maior parte do tempo sinto que ainda são as mesmas merdas que costumavam ser. — Ela morde o lábio inferior, direcionando os olhos para o chão.

O homem dá de ombros, puxando as extremidades das mangas da camisa. — Eu ainda sugiro uma espécie de reunião. Fazê-los desejar nunca ter importunado você, forçando-os a enfrentar a mancha, e mostrar a eles que já não permite que o medo da vergonha ou da provocação te controlem. Mostre o quanto você cresceu e como a mancha não lhe tirou nada. — Ele sorri, pondo as mãos atrás das costas.

Os olhos de Wanda se arregalam, os lábios se separam um pouco, e ela assente com um leve sorriso. — Forçá-los a vê-la, trazê-los de volta por todos os anos de tormento. — O seu sorriso cresce até abrir por completo. — Sim. — O sorriso toma conta do seu rosto.

— É isso o que eu farei. Obrigado, Dr. Weltzer. — Ela está de pé, entendendo-lhe a mão.

Dr. Weltzer levanta-se, alisa a camisa e limpa a garganta. — Sabe que estou sugerindo uma área bem iluminada e pública, correto? Não quero que faça nada precipitado. — Ele levanta uma sobrancelha, inclina a cabeça na dela e olha para ela ao apertar-lhe a mão.

Wanda assente várias vezes com a cabeça. — Ah, sim, bem iluminado, público, entendi. — Apertando a mão dele tantas vezes como ela assentiu com a cabeça, ela o solta, pega a bolsa e vai para o carro.

———

REDONDO BEACH, CALIFÓRNIA, TRÊS SEMANAS DEPOIS, DEPARTAMENTO DE POLÍCIA DE REDONDO BEACH:

Corey senta-se à mesa, olhando para a tela do computador.

Um dos funcionários se aproxima da mesa, deixando cair um envelope de manilha em cima do teclado. — Um velho esquisito deixou isto para você. — Arqueando uma sobrancelha, ele dá de ombros, abanando a cabeça, e sai.

Corey franze as sobrancelhas, endireitando as abas metálicas e abre o documento. Mergulhando os dedos lá dentro, ele puxa uma fina pilha de papéis.

A página de cima tem uma mensagem simples:

Para o sortudo vencedor do meu convite dourado, você é agora o dono da minha propriedade, dos meus bens e do meu valor monetário. Tudo está explicado aqui nos documentos anexos.

Ao folhear as outras páginas, Corey encontra a escritura da escola. Uma escritura para a casa dela. Um último testamento. E informações bancárias. Ao olhar o fundo do envelope, ele o vira e vê um conjunto de chaves cair em cima da mesa. Ao virar a etiqueta anexa, ele lê o pequeno texto.

"Cofre de segurança #678".

Ao olhar ao redor da delegacia, Corey coloca tudo de volta.

Naquele fim de semana, Corey arruma o seu apartamento, a caminho de um novo começo.

Caro leitor,

Esperamos que você tenha gostado de ler *A morte convida em ouro*. Reserve um momento para deixar uma crítica, mesmo que curta. A sua opinião é importante para nós.

Atenciosamente,

Rachel Bross e Next Chapter Team

A morte convida em ouro
ISBN: 978-4-82415-443-9
Livro de Bolso

Publicado por
Next Chapter
2-5-6 SANNO
SANNO BRIDGE
143-0023 Ota-Ku, Tokyo
+818035793528

21 Outubro 2022